文
景

Horizon

河的第三条岸

A TERCEIRA MARGEM DO RIO

JOÃO GUIMARÃES ROSA

〔巴西〕
若昂·吉马良斯·罗萨 著
游雨频 译

上海人民出版社

目　录

快乐的边缘

一

　　有这样一个故事。一个小男孩，要跟着舅舅和舅
妈，去那个正在建造巨大城市[1]的地方住上些时日。这
是一场在幸福中构想的旅行；他觉得，这样的旅行只在
梦里才会有。出发时天还暗着，稀薄的空气里有许多未
知的气味。妈妈和爸爸送他去机场。舅妈和舅舅自然会
把他照顾得妥妥当当。他们相互微笑着打招呼，有的人
在说，有的人在听。飞机是公司专用的，有四个座位。
大人们回答了他的每一个问题，连机长也和他说了会儿
话。这一趟要飞两个小时出头。快乐在小男孩的心头激
荡，他总是禁不住自己笑起来，浑身舒坦极了，就像树
叶飘下来那样。有时，生活恰恰会在一种非凡的真实感
中迎来日出。别人不过替他扣紧了安全带，也让他感受

---

[1] 指1956—1960年于巴西中部高原规划兴建而成的巴西利亚，是巴
西现代化建设的标杆。1960年，巴西将首都由里约热内卢迁至巴
西利亚，以促进内陆经济发展。——译者注，本书注释如无特殊
说明均为译者注

到了满满的关怀与呵护，紧接着又有全新的期待：期待未知，期待更多。就这样胀满又释放——如同呼吸一般真实——向着空白一片的空间飞驰。小男孩嘛。

开心的事就这样突然到来，迈着协调的步伐，遵循某种早已有之的和谐与亲善：所有想要的都能在他想到之前就获得满足。大人们给他拿来硬糖软糖口香糖，任他挑着吃。舅舅一副好脾气、热心肠，教他怎样把座椅靠背往后调——只要按下手柄就行。他的座位靠着小窗，小窗里是移动的世界。大人们给了他杂志，让他随便翻，要多少本有多少本，甚至还有张地图，把这个地方、那个地方都标了出来，他们正从上方一一飞过。小男孩将这一大堆都搁在膝盖上，向外张望：云是团团积聚的温柔，蓝是空无一物的大气，光亮广阔得不见边际；大地平展如绘就的地图，划分成一块块农田和原野，绿色渐变成黄与红，再变成棕色，又变回绿色；更远处，矮矮的一线，是大山。那么地上的大人、小孩、马匹和牛群呢——还不得像虫子一样小了？飞机飞得太高了。此刻，小男孩真正活着；他的快乐迸发出了全部光芒。他整个人坐在那儿，陷在飞机绵软的轰鸣声中：飞机真是个从不会疲累的好玩具啊。他甚至没注意到，自己的肚子其实已经饿了，就在这时，舅妈给他端来了三明治。舅舅还跟他保证，等他们一到，就会有好多玩具可以玩，好多东西可以看，好多事情可以做，好多地方可以逛。小男孩一下子拥有了一切,心中却空空如也。光亮,还有那样那样那样长的云层。他们要到了。

二

晨曦尚在犹疑不定之时。那座巨大的城市才刚刚开始动工,就在一大片半荒芜的高原之上:这里有蕴满魔力的单调,有层层稀释过的空气。飞机停降的地方离舅舅家很近——那是一座建在桩柱之上的木屋,其中一部分几乎探入了森林。小男孩望过去,看不太清。他深深地呼吸着。他想看得再真切一些——那么多新鲜玩意儿——全都闹哄哄地挤到他眼前。房子不大,一下就走到了厨房,再往前是一方庭院,其实也算不上,只是清出小小一块林中空地,好让树木不长进家里来。树木高大,垂下藤蔓与黄色的小兰花。那里面会走出来什么呢,印第安人、美洲豹、狮子、狼,还是猎人?只听见许多声音。一只——还有许多只鸟儿——拖着长长的调子。小男孩的心就这样敞开了。那些小鸟会喝甘蔗酒吗?

哇!小男孩远远瞧见了火鸡,它就在房屋和森林之间的那方小院中央。火鸡威严如帝王,背过身去,等着接受他的赞叹。它的尾羽爆开,蓬松成扇形,翅膀刮擦地面发出声响——突兀而铿锵——宣告自己大驾光临。它咕咕叫着，晃动颈下肥大的肉垂，就像一串鲜红的浆果；脑袋上的斑纹呈现出一种稀罕的浅蓝色，是天空与唐纳雀的蓝；精致圆润，浑然一体，全身遍呈弧形与平面，通体蓝黑之中折射出片片金属绿——它，就是了不起的火鸡。美，太美了！它身上满溢出某种东西，是热烈，是力量，是绽放。它的雄伟如雷鸣般刺入耳膜。它的高傲在色彩斑斓中尽显。这样一场视觉的飨宴，理当吹响号角庆贺。它气势汹汹，尾扇大开，昂首阔步，又一次发出咕咕的叫声。小男孩全心全意地笑了起来。但也只能再看一眼了。大人们在叫他一起出去逛逛。

三

一行人坐上了吉普车，前往一片即将成为金风铃树林的地方。小男孩在心里复述着每样事物的名称。尘土满地，也就是称心满意，是好兆头。野葵花，乳香树。绒绒的，叫白毛茛。蜿蜒横越道路的，叫翠绿蛇尾兰。山金车花瓣舒展，宛如褪色的枝形烛台。鹦鹉嘴又名圣诞花，果然红火热闹，像在庆祝圣使显灵。浓艳欲滴的，叫红果仔。屁股上长白毛的，叫草原鹿。壮观的紫色花海，叫鹧鸪肉桂。用舅舅的话说，那里"被鹧鸪糟蹋得不像样"。远处那群叫红脚鹬，一只只排成行飞

6

走了。那一对是白鹭。如此开阔的景色，仍然尽数淹没在万丈阳光之中。小溪岸边长着布里蒂棕榈树，那里的泥泞土地可把他们困了好一会儿。所有这些陆续从模糊中现形。它们给予小男孩源源不断的快乐，就像如梦似醉、一浪高过一浪的爱之海。而留在他记忆里的，是一座座纯粹完美、固若金汤的城堡。一切事物必得事先保持陌生和未知，才能在恰到好处的时机被恰如其分地发现。他快乐地飘浮在半空。

回程时，小男孩想起了火鸡。只想了一会儿，以免在不合宜的时候白白放凉了那段回忆的热乎劲儿，那是他自己的珍藏，是野生树林环绕的那方小院里最重要的东西。他也只在一瞬间里拥有过它——那是无比迅捷、伟大而漫长的一瞬间。每个家里，每个人，是否都会有这样一瞬间呢？

大家都饿了，午饭端上了桌，啤酒也倒上了。舅舅，舅妈，还有几名工程师。这会儿在房间里，怎么听不见它咕咕叫着厉声呵斥了呢？这座巨大的城市一定会成为世界之最。它尾扇大开，羽毛全都奓了起来，趾高气扬，不可一世……他连甜点都没怎么吃，那是本地特有的楒梓糕，切得很好看，散发着甜香，呈现出樱花肉的颜色。他走了出去，迫切地想要再见到它。

没有：没有一下子见到。森林高得恐怖。那——它在哪儿？只有些羽毛和残余，散在地上。"哦，宰了呗。

这不是明天先生要过生日了吗？"世上的一切都会失去永恒与确定性，只是一阵风、一刹那，最美好的事物就会从身边被夺走。他们怎么能这样？为什么这么突然？如果知道会这样，他至少会再多看几眼火鸡——那只火鸡。火鸡——它消失以后留下的空缺。在空谷粒般微不足道的一分钟里，小男孩独自遭遇了一毫克的死亡。大人们来找他了："我们一起去看以后要变成大城市的地方吧，还有湖……"

四

小男孩郑重地把自己封闭在疲惫之中，舍弃了所有好奇心，以免带着这种思绪出发。走就走吧。假如再提起那只火鸡，他一定会感到羞愧。或许他不应该，也不可以因为它而那样难过，这痛楚中包藏着哀伤、悲凉与失望，沉沉压下，又深深刺入他的心脏。可是，他隐约觉得，大人们杀死它也是一种错误。他不断地变得越来越疲惫。他们正向他展示着什么，而在密不透风的悲伤中，他几乎什么也看不进去：无非是一条地平线，忙碌于土方工程的工人，运送砾石的卡车，模模糊糊的树木，一条流淌着灰色的小河，一棵孤零零的野蓬草褪了颜色，死去的魔力中不再有飞鸟，空气里填满了尘土。他的疲惫，夹杂着被阻断的情绪，酝酿成一种隐秘的恐惧：他意识到，在这个由机器统治的世界里，在这片险恶的土地上，可能还会发生更多的不幸；在美满与幻灭之间摇摆不定的天平，几乎不会有任何东西可以让它平衡。小男孩低下了自己的小脑袋。

那边正在耕作机场的广阔地面——无数机器到处穿梭，有空压机、翻斗卡车、压路机、用柱齿舂捣地面的打桩机，还有摊铺机。原本长在那儿的树林是怎么砍掉的呢？舅妈问道。他们将锯木机指给她看，也在那边：机器前头伸出一块厚重的刀片，像铁路清障车的开路铲，也可以像斧头一样劈砍。想看不？他们指了指一棵树：那棵树普普通通的，没有任何特征，长在林地边缘。驾驶室里坐着个小小的人，他嘴里还叼着根烟蒂。那个大家伙动起来了。它笔直地推进，到某处时缓了下来。那棵树顶部的枝丫还没长全，叶片鲜嫩，树皮浅亮……接着就那么一撞："哗……"就在那一瞬间，小树朝着那边倒下了，整个儿地、完完全全地倒下了。啪，倒得那样干脆。眼睛甚至没来得及捕捉到它触地的那一刻——那听不见的冲击——那碰撞的余波。小男孩感到一阵恶心。他看向天空——天空蓝得叫人茫然无措。他颤抖起来。那棵树，死得那样彻底。他看见它干净纤细的树干，听见枝叶在那一瞬间最后一次发出波浪般的沙沙声——来自虚无的那边。一切藏进了石头里。

五

回去后，小男孩再也不想去小院子里了，那里成了荒废的怀念，还有隐约的悔恨。他自己也不怎么明白。他的小脑瓜目前还处于形象思维阶段。但他还是去了，就在晚饭之后。结果——那是个并不怎么壮观的惊喜——他看到了它，微微有些意外：是火鸡，它就在那儿！哦，不是。不是同一只。这只更小，小得多。它也有着珊瑚色的肉垂，大大的尾扇，刷子般的羽毛，咕咕的叫声，只是它的优雅姿态总有些勉强，不像先前那只，那么不可一世、浑然天成，那样肆意舒展自己的美丽。无论如何，它的到来与存在多少也算是一种安慰。

一切就在忧伤中平缓下来。直至白天结束；或者说，直至夜晚到来。然而，夜晚初初升起时永远这般难熬，在哪里都是如此。寂静从它的藏匿之处蔓延出来。小男孩心中惴惴不安，直到自己精疲力竭时才得以平静：有一种力量，正在他身体里努力扎根，扩张他的灵魂。

可是，火鸡正向着森林的边缘行进。它在那里感应到了——什么呢？渐暗的天光下，几乎什么也看不清。那是另一只火鸡被斩下的头颅，抛在了垃圾堆上。小男孩悲伤着，激动着。

不：不对。火鸡当然是被吸引过来的，却不是出于对伙伴的同情与哀悼。驱使它前来的，是仇恨。它狠狠地啄向那另一只头颅。小男孩不理解。森林，最黑的树，乱糟糟堆成了一座太高的山；天地。

天地越来越黑。

然而，一星绿光飞舞着，从森林里来，那是第一只萤火虫。对，是萤火虫，是它，真好看！——它那样小，在空中只是一刹那，便高高地、远远地离去了。这就是快乐，又一回偶然的快乐。

河的第三条岸

我们的父亲一直是个老实本分、积极向上的人；他在还年轻，甚至更小的时候就已经是这样的人了，我向好几个稳重可靠的熟人打听过，他们都能够做证。而且在我自己的印象里，相比我们认识的其他人，他并不曾显得更加古怪或者悲伤。他只是不大讲话。我们的母亲是家里主事的那个，而我们——我姐姐，我哥哥，还有我——天天都要挨她骂。可是，突然有一天，父亲请人给自己做了一条独木船。

他是认真的。他定做的这条独木船很特别，得用月桂木，还得尽量小，小到只能勉强在船尾安一片薄薄的木板，刚好坐得下一个划桨的人。但是，整条船里里外外都必须现做，木材要挑最结实的，船身要制成最坚固的弧度，总之得让它能在水里挺过二三十年。母亲不知为此发了多少牢骚。明明从来没搞过这些名堂，现在却突然想着要去捕鱼打猎啦？就凭他？父亲什么也没说。那时，我们住的房子离河要更近些，还不到四分之一里格[1]：河就从那里延伸开去，又大又深，永远那样沉寂。河太宽了，对岸是什么样子都看不清。独木船下水的那一天，我永远也忘不了。

我们的父亲既未显露出开心，也未表现得顾虑，他只是将帽子牢牢摁在头上，决意向我们告别。他没有多说哪怕一个字，没有拿走干粮和包袱，也没有留下任何嘱咐。而母亲，我们原以为她会大发雷霆，但她只是苍白地定在原地，紧咬着嘴唇，最后吼道："你要走，就待外头，永远别回来！"父亲没有回话。他悄悄地向我递来温和的目光，示意我跟过来，送他几步。我害怕母亲会发火，但依然不管不顾地照做了。越往前走，我就越兴奋，终于鼓足勇气问了出来："父亲，您是要带我一起上船吗？"他只是回望了我一眼，为我祝祷作别，然后摆手叫我回去。我假装就这么回去了，可还是在树丛低洼处转了身，我要知道会发生什么。父亲上了船，解开缆绳，划动船桨。独木船渐渐远去了——同它的影子一样，拉得长长的，像一条鳄鱼。

我们的父亲没有回来。他其实哪儿也没去。他只是在做一件从来没人做过的事：他要永远留在那条河上，从河中央划向河中央；他要永远待在那条独木船里，再

---

[1] 里格（légua）是旧时葡萄牙、巴西等国广泛使用的行程测量单位，在巴西多数地区一里格约等于五到六公里。

也不下船。这个离奇的事实把所有人都吓坏了。从未有过的事，真的发生了。亲戚，邻居，还有其他我们认识的人，大家都聚在了一起，商量该怎么办。

我们的母亲只觉得丢脸，于是表现得相当拘谨，也正因如此，所有人都认定父亲这样做只有一个原因，但他们说不出口：他疯了。不过，也有那么几个人觉得他可能是在向上天还愿；又或者，父亲许是害怕自己患了什么恶病，比如麻风病，这才选择接受另一种命运，将自己放逐到那个既接近又远离家人的地方。消息不断地从某些地方传来——路过河边的行人，家住河边的居民，甚至还有对岸那条柏油马路上的行人与居民——都说无论任何角落，无论白天黑夜，父亲从来没有上过岸，就那样在河中独自穿行，漫无目的。因而母亲和我们的所有亲戚都很肯定：不管他在独木船里藏了多少食物，总有吃完的一天；到那时，他要么离船上岸，一去不回，这样好歹不算是自打嘴巴，要么就得诚心悔过，乖乖回家。

他们这样想可就大错特错了。有个人会负责每天给他偷拿些吃的，那就是我：我在第一天晚上就有了这个主意。那一晚，我们这帮人摸索着在河岸上燃起了几丛篝火，在火光中一边祈祷，一边呼唤。第二天，我带着红糖砖、玉米面包和一串香蕉回到了这里。时间那样难熬，整整一小时过去后，我终于看见了父亲：他远远地坐在独木船里，悬停在平滑的河面之上。他看见了我，没有划过来，也没有招手。我把拿来的吃食给他看了看，然后放进河坡上的一处石穴中，以免被小动物糟蹋，也不会被雨水和露水打湿。这之后很久很久，我一直都在给父亲送吃的，送了一趟又一趟。后来我才惊讶地发现：原来母亲早就知道我在干什么，只是装作不知道而已，也正是她，总是特意留下些剩饭剩菜，方便我去偷拿。其实有很多东西，母亲都并未表露出来。

我们的母亲叫来了她的兄弟，我们的舅舅，让他帮着一起种田做买卖。她请来了老师，给我们几个小孩子上课。有一天，她拜托神父到河滩上，全副武装地为父亲驱魔，祈求上苍让父亲别再冥顽不灵，继续干这种令人痛心的事情。还有一次来了两名大兵，也是她想办法找来的，就为了吓唬父亲。这一切全都无济于事。父亲的独木船在远处穿行，有时候看得见，有时候看不清。他不让任何人靠近，也不跟任何人搭话。不久前，有报社记者企图乘着快艇拍下他的照片，可还是没能成功：父亲划着独木船消失在河的另一边，那里是一大片沼泽地，方圆好几里格，遍布着灯心草与灌木丛——也许只有他才能对那里的黑暗了如指掌吧。

大家只能尽量去习惯这件事。可是太难了，实际上根本没有人能够打心底里对此习以为常。至于我，无论什么时候，无论情愿与否，我都只能在父亲那里找到自己：我的思绪由此开始回溯过去。那样艰苦的生活，他究竟是如何熬下来的，根本就想不通，也根本就不可能。白天黑夜，晴日骤雨，正午的暑热，黎明的冷清，还有冬季好几个月的严寒，他都无处躲藏，只戴着头上那顶旧帽子，独自度过一周又一周，一月又一月，一年又一年，任凭岁月流逝，浑不在意。他再也没有下过船，无论是这边的河岸，还是那边的河岸，无论小岛或沙洲，无论泥土或草地，他都再也没有踏上半步。当然，也许他至少会在想好好睡上一觉时，把独木船系在某座小岛的隐蔽角落。可是，他决不会乘机走上沙滩，生起小小的火堆，去享受温暖的火光，他再也没有划燃过一根火柴。他吃得很少，只吃一点点，明明在榕树根底下或者河坡的石穴里放了吃的，他也没有拿走多少，肯定是不够的。他不会生病吗？每当雨水泛滥，河面暴涨，他得用两条胳膊持续发力，才能稳住他的独木船。这时，被狂奔的洪流裹挟着的一切，都会威胁到他的安全，比如动物的死尸、树木的枝干等等——那场面该有多么令人心惊肉跳。他再也没有说过话，对任何人都没有。而我们，同样再也没有提起他。只是还会想起他。不，我们无法忘记父亲；如果有那么一会儿假装忘记了，记忆也会冷不丁地打个哆嗦，再度惊醒。

　　我姐姐结婚了，母亲压根儿没打算办婚宴，因为大家享用美味佳肴的时候，一定会想到他，就像在风雨交加的寒夜里躲进温暖被窝时，也一定会想到，此刻父亲在暴雨中孤立无援，只能凭借一双手、一只瓢，一下又一下地把独木船里的积水舀出去。偶尔会有些熟人觉得，我长得越来越像父亲了。可我知道，他早就蓄起了一头长发，满脸胡须，指甲老长，瘦弱不堪，因为长期的日晒和浓密的体毛，整个人黑黢黢的，几乎如野兽一般赤身裸体——尽管他明明有衣服可以穿，大家时不时就会给他送去。

他一点也不想知道我们的消息，难道他对我们已经没了任何感情吗？可是，我对他还有感情，还有尊敬，每次做了好事得到别人夸奖时，我都会说："是父亲以前教我这么做的……"其实这话并不是真的，不完全是真的，但这就是那种用假话说出来的真相。既然他不再挂念我们，也不想知道我们的消息，那他为什么没有沿河往上划或者往下划，去一个远到让我们根本找不着的地方呢？或许只有他自己知道为什么。后来，姐姐生了个男孩，她执意想让父亲见一见他的外孙。那天，我们全家都来到了河坡上，天气很好，姐姐身着一袭白裙，正是她婚礼上穿的那条。她用双臂举起宝宝，她丈夫撑着伞，替母子俩遮太阳。大家一齐呼唤，然后等待。父亲始终没有出现。姐姐哭了，我们大家抱在一起，全都哭了。

我姐姐搬走了，和丈夫一同去了很远的地方。我哥哥打定主意离开，去了城里。岁月悠悠又匆匆，就这样过去了一年又一年。母亲最终也搬走了，再也没回来，她已经上了年纪，要去她姐姐家里住。只剩下我一个，我没走。我从未有过成家的打算。我守在这儿，守着生活的全部行囊。父亲需要我，我明白——哪怕他依旧在河上漂泊，在孤独中游荡，哪怕他从未说过为什么要这样做。无论如何，我曾经真的很想知道为什么，固执地一再打听，于是有人和我说，他听别人是这么讲的：据说有一次父亲透露过原因，只说给了那个为他造独木船的人听。可是如今那人早已过世，再也没有人知情，再也没有人记得，再也没有。只剩下些荒谬至极的无稽之谈，比方说，早先人们头一回遭遇河水泛滥、大雨不绝的时候，害怕世界末日即将降临，于是都在说：父亲一定是得到了上天的警示，就像诺亚那样，这才提前备下了独木船。这些话我隐约还记得。可他是我父亲啊，我不可以说他坏话。有人发现，我已经开始长出白发。

我是个只会讲伤心话的人。为什么，为什么我会感到如此愧疚？是否因为我父亲总是不在，而那条河，永远只在流啊流啊流？我已开始尝到衰老的苦楚——这辈子，只是在拖罢了。积年的焦虑与劳累，让我落了一身的毛病，腿脚患上了风湿，走路只能一瘸一拐。连我都如此，那他呢？他为什么非要这么做？他所遭受的，必定还要可怕得多。他都那么大岁数了，迟早会有一天虚弱得划不动桨，只能任由独木船翻覆，或是无力地随波漂荡，几小时后在下游某处，被卷进轰隆作响的湍流，最后直直坠入那汹涌着死亡的大瀑布。我的心绞紧了。他在那里，我也不得安宁。我愧疚，却不知到底为了什么。我站在内心的审判席上，无边的痛苦蔓延开去。要是我知道为什么——要是一切都不像现在这样。我渐渐有了主意。

我甚至没做任何准备。是我疯了吗？不。"疯"这个字在我们家是忌讳，这么多年来，从没有人说过这个字，也从没有人被说成是疯子。没有人是疯子。又或者，所有人都是。我立刻动身，去了那边。我拿了条手帕，这样挥舞起来更加显眼。我很清楚自己在做什么。我等待着。终于，他出现了，在那边，远远地，有一个身影。他在那里，坐在船尾。我在那里，放声大喊。我呼唤他，唤了不知多少声。我急着要说话，想向他保证，又想向他宣告，只得提高嗓门："父亲，您老了，已经尽力了……您现在可以回来了，不用再……您回来吧，让我来，就现在，或者无论什么时候，只要您肯，我都愿意过来替您，替您上船！……"我一面说着，心脏仍在以最稳定的节奏跳动。

他听见了。他站起身。船桨在水中划动，独木船向我驶来，他像是同意了。我突然深深地战栗起来：因为就在刚才，他举起一条胳膊，做出了打招呼的手势——

多少年了，他头一回这样！可我没法……我怕极了，头发仿佛根根倒竖，整个儿失去了理智，转身跑掉了，逃开了，让自己离那边远远的。因为我看见他就像是从……从那一头来的。我不住地乞求着、乞求着，乞求得到宽恕。

由恐惧而生的彻骨寒意袭来，我病倒了。我知道，再也不会有人听闻他的消息。我犯下了这样的大错，还算是个人吗？我是过去未能成为之人，是将来永远缄默之人。我知道已经太晚了，我的生命恐怕很快就要终结在这世界的浅滩。然而，待到死亡逼近之时，我只求人们可以将我抬走，把我也放入一条仿若乌有的小小独木船，放入漫长两岸间永不停息的流水：那流下去的、流出去的、流进去的，我——河。

无事生器

早晨，所有的猫儿都一身清爽、毛色分明，我正在值班，却不合规矩地站到了大门外头，等着报童把报纸送来。此时，那位先生正好走了出来，从我和周围两三个由于或大或小的巧合而出现在此处的人身边经过，精准而迅速，可以说他在那一刻是无可指摘的。而一转眼，传说便已在世间重铸，于我们都市人而言，一桩桩奇事可谓突如其来，爆炸式地填满了这个白天：喧嚣，焦躁，匆匆又忙忙。

　　"喂，先生！……"有人这样喊道；若不然，就是一声战吼："呜欸，苏族人[1]！……"依我看都说得通，毕竟当时我正在或专注或游离地盘算着只有自己心知肚明的那些张冠李戴，这才是生活的本质。然而，"啊啊啊……"那位先生刚才还在路上走得好好的，难道突然就捅伤了某个不曾惹事的路人?！于是我用片刻的工夫看了半眼——我往那儿瞥了瞥。不。原来只不过是——

---

[1] 葡萄牙语中"苏族人"（Sioux）发音与"先生"（seô）相似，这是北美印第安人中的一个部族。

我又多看了半眼——偷包贼一个，下手也没个准头，冒冒失失的。可从那以后，所有人内心的无所事事便被立时打破，无可救药地转向一长串接踵而至的事件。

"瞧那家伙人模狗样的，穿那么体面……"一人惊奇地说着，从车里冒出头来，直到刚才他都还在那里头打盹儿——是比洛洛医生的司机。"他偷的是一个人夹在领子上的钢笔……"报童做证道，他刚好是在案发时刻来到现场的。与此同时，那人被追着跑成了一道光，后脚跟不沾地，横冲进广场，一直跑一直跑。"抓住他！"而在广场几乎正中的位置种着一棵帝王棕榈树，也许是广场上最大的一棵，的确庄严宏伟。没承想，依然如先前一般穿着得体的那个男人并没有撞上那棵树，而是连鞋子也没脱，就扑上去一把抱住树干，贪婪地向上迅速攀爬，越爬越高，高到令人难以置信。"一棵棕榈树到底是一棵棕榈树，还是一棵棕榈树，抑或是一棵棕榈树？"一位哲学家或许会这样发问。而咱们这位仁兄，思想没有达到这样的高度，人却已经爬到了棕榈树的最顶端，也是最细的地方。他在那里稳住了身形。

"啊这！"我晃了晃脑袋，眨了眨眼睛，试图重新找回理智。只见咱们这位仁兄笔直地蹿了上去，像啄木鸟上树一般优雅，全无差错，仿佛一只淘气的棕腹鸫栖息于树顶，高高在上。他的追从者都停了下来，惊讶程度不亚于我，他们在地面上驻足，眼前便是望不到头的棕榈树——如同一堵无法逾越的高墙。天空像宝石，只是一味地蓝。地面上，人越聚越多，早已数不过来，一个个、一群群地从四面八方不断涌入，广场上的圆圈越围越大。我从未料到，这样一大群人，竟能在转瞬之间如此轻易地聚集起来。

咱们这位仁兄，上到那非比寻常的高度，可谓招摇过市，出尽风头，开出花来又结果：咱们这位仁兄毕竟不是咱们的人。"有两下子……"评判他的不再是送报员，而是我们院的驻院牧师，话语里几乎带着喜乐。远处那群人正从下往上垂直抛掷着咒骂，有的大呼魔鬼附身，有的嚷嚷警察在此，甚至还有打听谁带了枪的。而他身在远离人群的高处，正自得其乐地哼着类似哈利路亚的调子，声音优美，唱得舒展又响亮。真是神奇，因为尽管有那么多尽管，他的声音居然还能听得见。他要讲什么，钢笔吗？原来是个街头小贩，为了推销钢笔和自来水笔也是真豁得出去。不过地方选错了，我暗想；这还算是客气的，有人胆敢在我们院正前方玩这种荒唐把戏，又是使小手段又是耍杂技的，我还没愤慨于他的厚颜无耻呢。无论如何，他这般胆大包天的确是一种成功，而我也就是个普通人，因此我走过去，想看看那位推销员。

然而，就这么一迈步的工夫，有人叫住了我，原来只是阿达尔吉索，他神情严肃，一如往常，却一把抓住了我的胳膊。他拽着我，我拖着他，他跑了起来，我也只能加快脚步，就这样穿过广场，朝那至高的焦点、中心的旋涡赶去。看我俩都穿着白大褂，人群好歹让出了一条歪歪扭扭的窄路。"他是怎么逃出来的？"众人纷纷问道，乌合之众也从不会蠢笨得太过、太久。这时，我总算明白过来了，唉，我可真够倒霉的。"要怎么把他抓回来？"因为我俩，阿达尔吉索和我，正是在这不幸又奇异的一天里当值的实习医生。

这时，阿达尔吉索挨在我身边，不紧不慢地同我耳语道：咱们这位仁兄并不是咱们的病人。片刻以前，他一人自行来到院里，面色愁苦。"外貌与神情均无异样，就连起初的言谈举止也表明其心智健全……"病情严重，相当严重。人群不断挤压着我们，我们正处在这场气旋的低压中心区域。"他说他自己很健康，可是眼看着全人类已经陷入疯狂，趁他们加倍疯狂之前，他决定率先来住院，自愿住院。如此一来，当世界从地狱堕落成更糟糕的所在时，他已在院里拥有了住宿、医疗和安全保障，而这些都将是这外面的大多数人所缺乏的……"说罢，阿达尔吉索并未因一时疏忽而自责，他当时正要去给那人填表，情有可原。

"你惊讶吗？"我委婉地转开话题。其实，那人不过是放大了达尔塔尼扬教授从前提出的一个学说：即便是我们，也就是他的学生当中，都有百分之四十是潜在的典型病例；不仅如此，剩下的人里也有相当一部分是，只不过诊断起来更费功夫……然而阿达尔吉索又说话了，这一回我简直不敢相信自己的耳朵："你知道他是谁吗？他一报出姓名和职位，桑多瓦尔就认出他了。他是公共财政秘书……"阿达尔吉索说得那样小声，显然大为震撼。

这时，喧哗的人群似乎刻意安静了下来，令我们心中紧张，不知所措。我们极目向上望去，只觉荒凉一片，天空是远古的蓝，高得仿佛藐视一切。然而，不管怎样，在天空下的象牙塔之上，在硬挺的绿色棕榈叶之间，在如火箭般高效迅速地攀升之后，那人终于实现了与荒谬相称的自我。我知道自己容易头晕。可仰望着那种场面，那种既熟悉又极端、叫人直呼老天保佑、连假发都惊得根根倒竖的场面，又有谁不会头晕呢？但这就是一次个体的超人行为，是一种夸张的自我催眠，是一场赫拉克勒斯式的偶然。"桑多瓦尔会去叫院长、警察、还有政府宫的人……"阿达尔吉索保证道。

棕榈树不像杧果树那样枝繁叶茂，也不像胡椒木那样扎根稳固、清香安神，事实如此。那么，树上那个人，无论他是不是政治家，是健全人或精神病人，究竟是如何做到在那上面坚持这么久的？他没有一丝摇晃失衡，恰恰相反，他优哉游哉地待在至高处，十足的无赖模样，除了看上去是个疯子以外，目前为止什么都没做。他唯一做的就是投下来一片影子。结果恰在此时，他大喊起来，陷入了癫狂，越发沉浸在那个令自己心满意足的精神世界里："我从不认为我是人！……"似乎对我们相当鄙夷。他顿了顿，又重复一遍。接着继续说道："你们对我的了解全都是谎言！"这是在回答我吗？他笑了，我笑了，他自己笑了，我们自己笑了。大家都在笑。

阿达尔吉索没笑。"难道要我去猜不成？我又不懂政治。"他没能给出定论，"狂躁亢奋，精神错乱……急性谵妄，胡言乱语……且这前后的反差难道不是恰好证实了发病症状吗？"他自己与自己争辩着。然而，嘘，又是谁，非要在这乱糟糟一团里将自己的存在昭告天下？是院长来了：他老人家终于大驾亲临。警察奉命清路——有巡警、警员、警卫、警长和警务专员——防止现场秩序混乱。以及白衣天使们，有院长、护士、担架员、桑多瓦尔、驻院牧师、埃内亚斯医生和比洛洛医生。目光汇聚到了咱们这位爬上棕榈树的仁兄身上。然后，院长发话，主持大局："应当无碍！"

达尔塔尼扬教授从对面走过来，针锋相对道："青春型及偏执型精神分裂症，伴有早发性痴呆症，我应当不会看错！"他这话不单是理论推测，也是挑衅，因为院长和他素来彼此嫌恶。另外，他们碰巧还是竞争对手，尽管一个秃顶一个没秃。院长响亮回击，这次不再探讨科学，而是摆起了当官的派头："你知道那位大人是谁吗？"他说出那头衔时声音陡然压低，似乎不想叫人听去，即便如此，人群里几个站得近又机灵的，还是听到了。达尔塔尼扬教授修正了开篇主旨："……然而，这种短暂性精神错乱完全不会对其民事行为能力造成影响……"说到这里，他开始就中毒抑或感染这一主题展开论述。即便智者也会在选择应当相信什么的时候犯错——而我们其余人，却相信自己已将眼镜擦得干干净净。因此，每个人都是一头史前野驴，或者这里引用老百姓的话更为贴切：蠢驴脑袋。你有你的理由，我有我的有理，所以担架员并没有把担架放到地上。

因为咱们这位站在顶端的仁兄再次喊道："生活绝无可能！……"这是一句口号。每当他即将开口时，地面上的人群总能齐齐安静下来——这可是上千人哪。他甚至不忘添上默剧元素：他做了个动作——仿佛握着一把雨伞。那他这灾难性的艺术灵感，到底是在对谁威胁着什么呢？"生活绝无可能！"这一宣称如此经验主义与反解释主义，纯粹依赖于逻辑的自私性。可是，他并不像在玩一个荒唐的恶作剧，也不像是一个疯疯癫癫的骗子，他的语调听上去反倒十分慷慨真诚。他为了所有人的福祉做出这场公开揭示，向我们传授真正的真理。我们——存在于下层空气的生物——他早已将自己从我们之中强行掳走。确实，确实，生活本身就是绝无可能的。似乎我早就如此想过。那么就需要有一个奇迹，能够时时刻刻发生在浩瀚宇宙的各个角落；其实，奇迹一直都存在于内心深处。于我而言，我无法否认自己对他产生了智识上的共情，尽管还不甚确凿。这里的他是抽象出来的他，在成功地自我消解之后，到达了一则公理所能到达的巅峰。

七位专家，七双权威的眼目，从下方审视着他。"看出了什么，该做些什么？"终于。院长正要把我们召集起来开会，警察凭借手上挥舞的警棍与嘴里亵渎的求告，殷勤地为我们扩出了这片岌岌可危的临时空地。然而，令我们束手无策的是，这位杰出人物表现得极难对付，毕竟他已成为万物灵魂的化身：高不可攀。并且——也正因如此——无药可医。有人必须且必须有人去逼他下来，或者完全可以用上些该用的手段，把他弄下来。只是，他并非身在触手可及的位置，也不是甜言蜜语、甜果蜜饯就能引诱得了的。"该怎么做？"我们异口同声道，却迟迟想不出对策。鉴于此，作为一锤定音的人物，院长宣布道："消防队马上就来！"完毕。担架员把担架放到了地上。

随后而来的，是嘘声。这嘘声并非针对我们，幸好幸好，而是针对我们那位国库守护者。他正站在那风口树尖。与此同时，这位英雄的身份在攒动的人头之间迅速传开。人群中起初只有零星几下嘘声与喊声，接着就从这儿开始，一传十，十传百，传言成了定论，可笑地翻涌起来，最后齐聚成同一个声音，仰头呐喊，震天动地："煽动家！煽动家！……"回声原路折返，"煽动家啊啊啊啊！……"好好好，当真叫人叹为观止，我的老天，听听这嘘声。狩猎的号角响彻云霄，一波接一波地从人山人海之中喷薄而出：摩肩接踵，群情激愤——在三月的热浪里愈加沸腾。我敢说，就连我们当中的一些人，包括我在内，也一齐加入了声讨的行列。至于桑多瓦尔，是了，也包括他，这是他人生中的第一次反叛，即便只是初见端倪。达尔塔尼扬教授呵斥我们："难道政客就无权罹患精神疾病了吗？"他面沉如水，不怒自威。铁证在前，就连院长也开始在自己的声誉和大人物的面子之间摇摆不定——毕竟他也是精神病医生。看得出来，咱们那位可怜的仁兄现下逐渐失了势，他没能使自己的名望与他一同攀升至顶峰。煽动家……

可他终究还是成功了——啪啪两声，扭转乾坤。只见他突然轻微地动了动身子，又重新稳住平衡，这样做自有他的缘故。随后，他抛下来了——一只鞋！不错，就是一只脚的鞋——仅此而已——且他抛鞋的模样是那般居高临下。然而，这戏剧性的一抛并非出于恐吓，而是为着在大范围里引发滑稽效果。果然，当小小一只鞋被他从高处抛向地面、挟重力之势划过半空时，现场人群爆发出此起彼伏的呼声。那人——"真是天才！"比洛洛医生赞道。群众心有所感，纷纷鼓起掌来，比先前还要加倍热烈："万岁！万岁！……"激荡，回旋。"天才！"反应过来的人们对他交口称赞，为他献上如潮的掌声。圣西缅啊！他无疑是个人物，相当懂得投机取巧，这一点不言而证：不但具备非凡的洞察力，还总能准确把握时机。因为片刻停顿之后，另一只脚的鞋也落了下来，且毫不逊色。只是以示区分，这一只是坠下来的，笔直，迅速——没有画出抛物线。是两只发黄的鞋。咱们这位仁兄，如同置身于一场盛大的庆典——他是主宰，亦是主角，是站在最高处的唯一焦点：只有他才配得上这雷鸣般的喝彩声。

喝彩声被消防警笛打断：只见消防队艰难地突破重围，在叮叮的铃声与轰轰的喇叭声中亮相。挂挡，驻车——车身通红，红如龙虾或晚霞。人群为消防队腾出空间，空间有限，仅供作业使用；他们以强有力的战斗架势博得了多余的那部分掌声。此时，消防队长正在与警方——那便也算是与我们——协商对策。他们还有第二辆车，长型卡车，可充当消防云梯的基座。这套移动设施十分先进，展开后能够升到极高的位置，对于本次行动来说必不可少。行动马上开始。在短号与口哨的指挥下，消防员们以军队般的步调和动作布置起来。行动开始。当此情形，咱们这位病人——这位玩世不恭、鹤立鸡群、万众瞩目的病人——又将作何应答呢？

他开口了。"糟糕正变得越来越事态……"他看穿了我们的计划，并且一针见血将其挑明，随即表现得更为不驯，摆出了防御性姿势，既机警又疏离。这一解决方案显然不大适合他。"别想耍什么木马计！"从这句新鲜出炉的特洛伊玩笑中可以看出，他对帕拉斯·雅典娜[1]充满了怀疑。他又道："我还没熟你们就要吃了我?!"这一句仅仅只是前一句的模仿与表征，既非另起炉灶，也未增强笑果。这些消防员都是好样的，够男人，即使将云梯丢到一旁，他们也定能一举攻下那棵帝王棕榈树。其中有一位向来是单兵作战，他身手相当矫健，也不知是安的列斯人还是卡纳克人[2]，会使各种绳索、钩子、地钉、移动脚踏和临时置物架。在空前巨大的期盼之中，谈话声时断时续。沉默嗡嗡作响。

于是，这个男人，这位伟人，发出了抗议。"停！……"他做了个手势，表示自己要进一步抗议，"你们休想扶我，也休想撑我，除非我死了！"他用字讲究，不像随口一说，倒像是一则预言。他犹豫了一下，由彼及此，我们也犹豫着。"你们要是上来，我就从这儿特……我、我就从这儿吐下去！……"他宣布

[1] 指雅典娜女神，她是导致特洛伊战争爆发的三位女神之一。

[2] 分别为加勒比海的安的列斯群岛原住民和南太平洋的新喀里多尼亚群岛原住民。

道，朗诵似的拖长了调子，几乎称得上是欣喜若狂，同时还在郁郁葱葱的棕榈叶间腾挪跳跃，无数次摇摇欲坠，仿佛走在一根颤颤巍巍的细线之上。他用一种低沉而沙哑的声音补充道："会叫的狗可不哑……"眼见着只差毫厘，他的警告就要成讣告了。他的身体似乎仅靠一对膝盖维系着，维系在任何一个简单却无法承受的细微变化之上：他的棕榈，他的魂魄。啊……差一点，就差一点，差一点点，差一点……真是吓得我汗毛倒竖。不，别。"他像个马戏团的……"有人在我耳边揶揄道，不是埃内亚斯医生就是桑多瓦尔。那人什么都有可能做得出来，而我们却什么也拿不准。他这是在装神弄鬼、装腔作势，还是当真会将自己放弃、毁弃，乃至丢弃给魔鬼……出于某种狡黠而狂乱的意图，他的身子又往外悬了一点，仿佛决心已定。死亡与我们并行——它正轻柔地敲响那速写的鼓点。令人恐慌的紧张感向我们袭来：我被冻住了。紧接着，汹涌的声浪为那人响起："不要！不要！"万众一声，"不要！不要！不要！"七嘴八舌。广场上的人们呐喊着，呼唤着。必须暂缓行动。否则就会导致一场理智性自杀——以及当前问题的烟消云散？院长引用了恩培多克勒[1]的元素循环

---

[1] 恩培多克勒（Empedocles，约公元前 5 世纪），古希腊哲学家，认为万物的生成和消灭都是水、火、土、空气等元素无休止的循环运动。

论。地面上的领导们已达成共识：当务之急就是什么也不做。救援行动的第一次尝试被迫中断。那人早已停止摇晃——极不真实地站在局势的端点。他取决于自己，他，自己，他自己，他是唯一主语。或者取决于另外某一事件，相当凑巧的是，这一事件随后立即发生了。

这一事件——其实是两个。在警察局长的陪同下，秘书处长到了。有人递给他一副望远镜，他把眼睛凑过去，顺着前方的帝王棕榈树一路向上看，最后停在了财政秘书身上。出于对人的基本尊重，他否认道："我好像认不大出来……"然而，他还在犹豫该怎样做才最为体面，便选择摆出一副关切的模样，只是有些苍白。四周弥漫着一种等候室的气氛，情形似乎越发严重。通知家属了吗？没有，而且最好什么也别说，家属只会感到局促难堪。按照原先的计划，应当竖起云梯再行救援，但由于我们操作不当，这一计划暂时搁置了。必须与疯子谈判，不存在其他方式方法。得靠嘴皮子来制造时机，情况就是这么个情况。问题在于，双方高低如此悬殊，该怎样为对话创造客观条件呢？

有人说，是否需要搭个讲台？没过多久，一个圆锥形或者说是碗形的喇叭筒就拿来了，是消防队用的扩音器。院长打算同那人讲讲道理：他要深入一片精神迷宫，挥起智慧的铁锤，凭借满腹学识将它摧毁。几声警笛响起，又短又急，带来了并不怎么安定的沉默。院长像驯熊师一样握住那只黑色大喇叭，放到嘴边。他将大喇叭对准高处那个马戏团的，然后摆出了吹小号的架势。"阁下！……"他先是柔声相劝，没起作用。"阁下……"这一回，他更是将姿态放低到了十分不得体的程度。太阳下闪着类金属或金属光泽的，正是院长的秃顶；他生得又胖又矮。群众无端端地便开始嘘他："别丢人现眼啦，老头儿！"还有："放下，放下！……"所以说，外行的意见只会妨碍专业人士施展计谋。

院长再也没了当领导的腔调，吐了口唾沫，汗流浃背，喇叭也从嘴边拿开了，准备退位让贤。但他没有把扩音器交给达尔塔尼扬教授，这是自然。他也没交给一向得力的桑多瓦尔，没给正张口准备接话的阿达尔吉索，没给跃跃欲试的比洛洛医生，也没给嗓子哑了的埃内亚斯医生。那么，到底给了谁呢？是我，我本人，如诸位所见，正是在下；不过他是最后才选到我的。我服从了安排，却也十分害怕，知道自己须得慎之又慎。不一会儿，院长便开始向我口授内容：

"朋友，我们想来帮您一个忙，我们真诚地希望能够帮到您……"我的声音通过喇叭筒传了上去，说完还有回声。"帮忙？下面帮上面的忙？……"他的答复足够响亮地落了下来。他正处于针尖对麦芒里的针尖状态。必须向他问些问题。按照院长的新指示，我只凭肉嗓，冲他呼喝道："喂！嘿！听着！看这儿！……"我提高了音量。"我要破产了吗？"他提高了音调。他允许我继续说下去；听倒是能听懂，可大概也听得无聊。毕竟我同他说的，是责任与情感！"爱是一种麻痹……"他回应我。（**掌声四起。**）他就是有这种力量，会时不时地发出一声"哦啊——哇——哦啊！"——将手拢在嘴边，声音便仿佛从洞穴里传出来一般。他也向我们喝道："要有耐心！……"接着，"谁？你说谁？啊？"院长亲自做出回应，我手里的扩音器被他急急夺了过去，"你，我，还有那些中立者……"那人立马顶了回来，他前言不搭后语，想象力却不见衰颓。我们就这样东一榔头西一棒槌，逮着鸡毛蒜皮的大道理喋喋不休，费尽口舌，却徒劳无功，反倒进一步刺激了他的脑瓜，让他越发牙尖嘴利起来。人们放弃了，无论结果好坏，这就像是想要握紧拳头去抚摸豪猪一样。于是，他又歹毒地抛出了最后一句，问话从那么高的地方落下来，居然还能听得清："这些就是你们最后的假设了吗？"

不。接下来又发生了一件意料之外的事情，让胜利来得天经地义、水到……谁到了？谁敢信哪？是他本人！那个真正的、心智健全的、活生生的公共财政秘书——他就是那股"及时水"。他像被缆绳拉着泊向岸边的船只一样，从地平线上自然而然地冒了出来，气喘吁吁，神情晦暗。他一个接一个地拥抱我们，而我们则久别重逢般地对他嘘寒问暖，如同圣经故事"浪子回头"里的父亲，或者奥德修斯的忠犬。他想说话，嗓子却哑得厉害。他指出了一些原因，似乎是担心有人冒名顶替？人们把他扶上了消防车，他昂首站定以后，首先便是像在舞台上亮相似的，原地转了整整一圈，好将自己展示得清清楚楚。这是公众欠他的。"市民朋友们！"他踮起脚尖，"我在这里，诸位都看到了，我不是那个人！我怀疑这是敌人和对手的恶意利用、诽谤和欺诈……"他嗓子本就哑着，这么用力一扯，彻底说不出话来了，也不知是好事还是坏事。而那一位，现在已是下岗的前冒名者了，正无所事事地听财政秘书讲话。他高高站在自己占住的鹊巢之上，不住地点头称是。

正午时分的天气，如同大理石一般。神奇的是，那时候的人们既不感觉饿，也不感觉渴，太多事情里我就记住了这个。一个声音突然响起："我看到了奇美拉[1]！"那人吼道，既突兀又无礼，他显然是发怒了。可他又是谁呢？现如今，他什么人都不是，他是张三，是路人甲，是小人物，是打酱油的，是无名之辈。他不遵守基本道德规范，只将其视作相对概念：他用相当明确的行为证实了这一点。他不喜欢。然而，他又以诙谐的方式，假装自己是空中楼阁。还是说，他只想穿一穿

---

[1] 古希腊神话中一种狮头羊身蛇尾的怪物，后引申为不切实际、无法实现的目标或梦想。

大英雄的皮囊？于是，他向我们展示了——皮肤与衣服之间的一切。

突然之间，出乎所有人的意料，还没等财政秘书做完总结陈词，他竟开始脱衣服了。他将真实的自己，一点一点地，暴露在光天化日之下。一件件衣服接连从我们上方飘过——西装外套、长裤、内裤——仿佛舒展的旗帜。最后一件是他的衬衫，再次从天而降，鼓胀、轻盈、飘逸、洁白。广场上顿时炸开了锅——好不热闹！人群中有女士，有老太太，有小姑娘，鸡飞狗跳，人仰马翻，惊叫连连，甚至有人昏倒在地。抬眼一看，那个有辱斯文的公众人物也在打量——打量着纯粹自然的自己。在棕榈树的绿色叶片与枝丫之间，他几乎像剥了皮的木薯那样白皙，成了一个真真正正不着寸缕的人。他知道自己现下一览无余，开始摸索身体的各个部位。"是综合征……"阿达尔吉索观察道，我们又一次陷入了困惑，"布洛伊勒精神分裂综合征……"阿达尔吉索一字一顿地做出了诊断。那人已简化成一个反面典型和标志，一个在极致对比下具有崇高牺牲精神的方济各会修士。然而他就以那般原始的姿态，温文尔雅地躺下了。

熔炉般的高温，加之鼎沸的人群，领导们大汗淋漓、火冒三丈。难道真就对付不了这么一个无法无天、身份不明的捣乱分子吗？一番私下商议之后，他们决定，必须重启行动，正面啃下这根硬骨头。一切都开动起来，号角声中，新一轮指令轰隆隆地下达，短促而充满火药味——消防队即将出击。我们这群人所在的空地进一步扩大，并且拉上了绳索，围起了警察；那里已有一小撮记者、报道员和摄影师走来走去，他们正在拍摄。

然而，那人十分警觉，在坚守其高调行为、高远志向与高尚愿望之余，也同样积极筹划起来。他必然早已料到，下面的人会再为他布下一道陷阱。他一边提高警惕，一边准备反击。只见救援行动一开始，他就噌地继续往上蹿，越爬越高：他不愿意，谁也救不了他！他一直爬，如果可以，他会一直往上爬。他从摇摇晃晃的棕榈叶一直爬到了极限的位置，那里已经快要到树尖了，怎么看他都面临着巨大的坠落风险。他无疑会失足落下——如同瀑布一般显而易见。"快！"我们被激出了一声惊呼，此刻我们感受到的，是与昏昏欲睡截然相反的东西。无法呼吸。在那一片片寂静之中，无畏的消防员们是否还在前进？而那人刁钻地站在顶端，晃了一下，又稳住了身体，于是，他就像个逗趣的厌人猿，保持着一种精妙的平衡，只是重心位置异乎寻常。他又开始胡言乱语："我的秉性难道就飞跃不得吗？……"他夸下海口，享受着高人一等的感觉。

当然，他也在很大程度上娱乐了我们。他似乎仍然觉得有必要凸显专属于自己的乐观精神，因而向我们展现出了意想不到的做派。此刻，他正像个花花公子般站得歪七扭八、吊儿郎当。突如其来的停顿让局势更为复杂，也更加难熬。他的坠落和死亡在我们头顶悬而未定，至高无上。可是，即便他真的坠落身亡，也不会有人理解他一丝一毫。消防员们停住了。消防员们撤退了。高高的云梯被缩短、拆卸，然后收回到箱子里。领导们再次落败，于是分头去忙碌各自的事务。我这才发现，我们缺少的是什么：在那里，一支响亮的乐队，一首激昂的军乐。在那棵棕榈树顶，一个孤单的身影俯视着我们。

驻院牧师笑道："他被恶魔附身了……"

被恶魔附身的，难道还有那支从广场南侧扑过来的学生军团？——原来他们早已集结在那里，这才得以突然间乌泱泱、轰隆隆地滚滚而来。眼下，他们正成群结队地推搡出通道。他们认定那人是他们中的一员，无论是对是错，都势必要将他解救出来。要制住这帮学生实属不易。他们挥舞着无形无状的旗帜，燃烧着一脉相承的狂热。横冲直撞，形同野兽。骑兵突击队整装待发，要与这群高尚的年轻人展开战斗。要冲锋了吗？好吧，稍后再说。乱局加剧。各方都在试图更进一步，场面越发叫人眼花缭乱，却也逐渐明朗。最终，他们请求增援，计划清空广场；现下正是时候。然而，各种非官方国歌也纷纷吟咏起来，在汹涌的人海中蔓延开去。那么，和平？

作为王牌、王棋和王炸，安全与司法秘书攀上了消防车，注视着一切。他声音浑厚悦耳，语气里没带半分嘲弄，诚挚地说道："小伙子们！我知道你们是愿意听我说话的。我保证，一切……"果真如此。人群欢欣鼓舞地向他致以掌声，是他过去的所作所为赢得了信任。骚动即刻得以缓和，广场恢复了些许平静。混乱之中，那位管公共财政的秘书已经溜走了，以防万一。他的确已在各种情绪作用之下几近崩溃，于是打算回归私人生活。

再没有发生任何事情。半隐半现之间，可以看到那人早已安顿下来，把他的棕榈树当摇篮一般躺着。要是他昏昏沉沉地睡过去了，或是抓着的手松了，最后岂不还是要掉下来，摔个粉身碎骨吗？至于他如何能够无限久地坚持住这种姿势，达尔塔尼扬教授向围观者解释了起来。他——一名青春型紧张症患者——展示出了刻板行为，我们如果要等，就需要耗费极大的耐心。"若是换作帕雷西斯人或南比夸拉人[1]，早将他乱箭射下来了……"医生比洛洛接过了话茬，他当然是乐意看到文明社会人人都能互助友爱的。因为，此时此刻，就连院长和达尔塔尼扬教授也真诚而明智地达成了和解。

---

[1] 均为巴西马托格罗索州西部的印第安部族。

老问题，新办法。可那人已经三番五次发疯了，即便赔着小心、亲亲热热地去恳求，万一他还是不肯屈尊俯就呢？好了，他应该不会吓得乱动了，刚刚征询过他的意见，他同意了。行动所需的设施已经架好，吊了起来：云梯作为先锋，像只袋鼠或巨大的红色螳螂一样，延展成一台奇形怪状的机器，凭空升到了半截朝上的位置。院长爬了上去，大胆无畏，尽显英雄气概。我跟着爬了上去，却像是在往下，如同但丁跟着维吉尔走下地狱。消防队在一旁协助我们。我们朝着顶点处的那人进发，再也无法靠自己判断空间中的方位。在距离我们还有好几米远的时候，他开始回应我们，回应我们那些拉丁文般难懂的话语。因为，他猛地嚎了一声："救命！……"——？

紧接着，又是一场大乱——树下的世界轰然迸裂。那里，是骚动的、暴怒的、狂乱的人群，在千万个理由的操纵下失控失智，陷入了某种精神病式的幻觉。只求上天保佑！——希望他们不会掀翻卡车和云梯。这一切，都是因为这个前述之人：仿佛他早在城市的水库里投下了毒药。

他身上的人性与奇异重又浮现出来。那个人。我看见他被看见，想不看见也得看见。然后，突然发生了一件可怕的事情。他在试图说话，但声音微弱，仿佛被言语团团包裹了起来。他正处于理智的平衡状态，意思是

说，他神志清醒，赤身裸体，摇摇欲坠。不，比清醒还
要糟糕，是恢复清醒。此刻，他的头脑运作良好。他醒
过来了！是啊，谵妄的病症已然消退，他不再梦游，不
再受下意识支配，不再为外界刺激所影响——哪怕只是
暂且如此——仿佛这一切都被吹散了。他从发病的心智
中泄了气，退回现实和自我的世界，退回他如今所在的
这片糟糕透顶的时空，退回无尽的克制之中。那可怜人
都快吓破胆了。他感到既恐惧又惊悚——因为他发现自
己竟然刚刚才恢复人性。他必定后怕无穷——只要想想
在那之前他可能做过的事情，想想他在思维紊乱、理智
沉睡之时所面临的危险与代价。而他此时就要偿还债
务，一刻也不得喘息。我颤抖了起来，心中为他感到悲
哀。他会摔下来吗？我们全都不寒而栗。这是一个神奇
的僵局。他回归了自我，他在思考。他在煎熬——因为
羞耻，因为恐高。下方极远处，是疯狂的人海：鬼哭狼
嚎，宛如地狱。

那么，将安稳度日的小镇搅了个天翻地覆之后，他
该如何脱身呢？我理解他。他——是小丑，是笑柄，是
坏蛋——既没有脸面，也没有衣服，去聆听结案陈词。
他迟疑着，仿佛遭受了电击。他会宁愿不被救下吗？灵
柩台上，好戏落幕，高空中的高脚杯饮下最后一口。一
个人，归根结底，是不可逆转的。他或许打算去往不可
测量的距离之外，变作千亿万亿棵棕榈树，密密麻麻地

48

点在谜一般的球体表面。他可怜地蜷缩着，似乎还在笨拙地试图抓住绝对理性？我猜测，这就是诱因，它让人群变得如此可怖——他们疯了。而他成了众矢之的，出于某个缘故，某种奇妙的展开在他身上戛然而止，令人大失所望。因此，底下都在高声咆哮，狂暴而狠戾。他此刻心智健全。而他们却疯癫荒唐，想要将他处以私刑。

那人激起了一种异样的怜悯——超乎人类范畴的怜悯。求生的紧迫在他心中占了上风。现在，他就像只晕头转向的负鼠，急需我们的帮助。消防员们迅速行动，毫无阻滞，准备抓紧时机，一鼓作气将他带回——活像变戏法一般。他们用上了木板、绳索及各种零部件，还有其他救赎手段，将他缓缓降了下去。他终于得救了。没错，就在刚才。就是这样。群众会毁灭他吗？

还没结束。就在先前下云梯时，他更清晰地观察到了这群人，这群信奉第欧根尼的犬儒主义者。于是，他的脑海里发生了一些意想不到的事情。他给了我们另一种颜色。好吧，人群再次使他发病了吗？他只是庄严宣告："斗争万岁！自由万岁！"裸体的亚当，新生的精神病医生。数万人欣喜若狂，掌声雷动，呼声震天。他挥了挥手，下到地面，毫发无损。然后，他从双脚之间捡起了灵魂，变成了另外一个人。他挺直了身躯，赤裸而果决。

他为自己铸就了辉煌的收场。人们用肩膀架起他，风风光光地将他抬走了。他微笑着，当然，也许说了几句，也许什么都没说。在那场人民为人民爆发的动乱之中，任何人都不能阻止任何人。一切都在进程中土崩瓦解，散落成一地鸡毛。这一天就这样过去了。只剩原地一棵棕榈树，非帝非王，亦真亦假。

结束。事后，大家总算松了一口气，把白大褂换成了西装外套。达尔塔尼扬教授——业界泰斗，以及院长和埃内亚斯医生——精神病学家，开始构建未来举措，务求对此类事件严防死守。"我看到我还没有真正看清我所看到的东西……"桑多瓦尔提了一句，话里满是历史怀疑主义。"生活就是持续的、渐进的无知……"比洛洛医生定义道，神情十分严肃，我想他是头一次这么严肃。他优雅地戴上了帽子，毕竟他觉得一切皆不可靠。生活就在当下。

只有阿达尔吉索一言不发，虽没有什么明显的缘故，但一直以来，包括此刻，他总会突然吓到我们。他太过明智，太过正确，太过审慎：真可怕，他本身没有任何不尽如人意的地方。在大家的梦境中，他始终是个无解之谜。回想起来，他让我感受到一种动物般的森冷。他什么也没说。或许他说了，只不过是写在了日程上，仅此而已。然后他进了城，吃虾去了。

我的东家塔兰唐

真是的！——我裤腰带都没来得及系好，帽子也没戴上，更别说在厨房安安静静地喝完我那杯咖啡了。因为……"哟喂……"管家的老婆嚷了起来，事情就是这么开始的。我瞧见是怎么一回事了。呃，没错。跑过去的是我那位滑头东家，他从床上溜了下来，飞快地实施着他的计划，真是个老谋深算的家伙。尽管外表上看不出他那么大年纪了，但其实他的头脑里已经没剩下多少神智，而且医生断言他时日无多，就在这几天了，或者几个钟头，又或者几个礼拜。哎哟，那我可不得跟着一起出去吗，看吧，我天天都跟着他到处跑。这时，我已经拾掇整齐，紧了紧肚肠，转身便跑，顾不上自己是否会摔倒，摔得衣衫破烂，摔得骨头散架：我就是干这个的，这是我分内的活儿。"赶紧的，萤火虫，别把老爷子跟丢了！"管家温森西奥先生居然还想着要来提醒我，我估计他是在偷笑，于是："保佑我好运！"我祈祷着，哼，一边咒骂着他，啊呸！我几步并作一步，跳下老旧的木楼梯，它属于这座操蛋的、不知有多古老的庄园，啊……

而那人——已经到了马厩里，笨手笨脚、疯疯癫癫、急急忙忙地——正要给马备鞍！我上前扶住他，准备听他吩咐。他没好气地瞪我，比平常还要凶。"我才不要人帮……"他推开我，一张脸可怕得简直能让小宝宝断奶。我点头同意。他摇头否定。我同意了他的否定。然后他笑了，自己也觉得有些好笑。但他又轻蔑地瞥了我几眼，连珠炮一般："小子，听好了啊，今天不行，啊，今天要做的是大事，你小子，去不得！"他这话掷地有声，让我手足无措，又困惑不解。我觉得我们就要上战场了，手里却握着弯折的刀剑，并且他这回似乎是打算换个法子发疯。昨晚大家还在说，要去请城里的大夫来给他瞧一瞧，看来确实很有必要，一刻也拖不得！而现在，老爷子却命我去装马鞍。真是疯了！他不要我们平日里骑的那些好性子的马，却要那匹焦褐色的高头大马，一看便知它有多危险。另一匹马是黑白杂色，同样个头高大、性情暴烈。这俩混账畜生，它们根本不是庄园里养的，而是外头不知什么地方跑来的，给我们捉住了，打算以后再去寻它们的主人。我照做了，不然还能怎么办呢；对付疯子，就要比疯子还疯，这我知道。老爷子那双大眼睛里的蓝色向我压下来，威风凛凛，却也神经兮兮。他的胡须已经凌乱不堪——那一把胡子交错纠结，没有一根白须是理顺了的。接着是几个极华丽的动作。他的精神看上去比之前要好多了。

我的脚刚踩进马镫，他就一夹马刺，冲出了大门。而我呢——哎哟圣母玛利亚保佑——只能跟在后面。老爷子整个人高高地坐在马鞍上，岿然不动，势在必得。这才是身为大富大贵家族子孙该有的派头——一位正牌的若昂·德巴罗斯·迪尼兹·罗贝尔特斯老爷！他变成了个疯老头之后，就被城里一大帮亲戚打发到了这儿，他们嫌他无法无天，净惹麻烦。而我这个穷小子呢，为了挣口饭吃，也只得忍了嘛！可这场叫人摸不着头脑的闹剧，还是搞得我既害怕又羞耻。那匹焦褐色的马蹿在前头，大步流星跑得飞快。它不时高声嘶鸣，随时可能将骑在背上的人掀翻在地。老爷子真能降住它吗？我们骑马掠过那片稀树草原，不断调整着前行的方向。他的帽子有着宽大华丽的帽檐，下面倒是钻出些长长的白头发——他还有头发，而且不少。"喂，我们走，快点，去找瘦子，我今天就要干掉他！"他咆哮着，一心想要报仇。"瘦子"就是医生，也是他的侄孙，给他打过针、灌过肠。"杀！杀光他们！"他狠狠地一踢马腹。他转头看向我，然后喊出了原因与真相："我自由了，那么现在，我就是魔鬼！"他面颊颤动，满脸通红，皮肤过分苍白，还有那双眼睛，我之前提过的。他似乎坚信，自己已经和撒旦达成了交易！

我这是要去哪儿？——我们骑着马，一路小跑，一会儿向左，一会儿向右，马儿抢开四蹄，踏过碎石子路。老爷子缰绳抓得很牢。他自然不会从我这儿听到什么抱怨。哪怕我现在很不好受。我的职责、我的使命，就是跟紧他，别让他闹出更大的乱子。我可得看好这糟老头子——他这把老骨头可不经摔啊！看他病得这么重，要是哪一刻突然自个儿死了，可不得给我惹上天大的麻烦吗？老爷子的事我管不了多少，却又什么都得管，惹得我的老东家大为光火。他讥笑我说："萤火虫，你还以为我们这是去生孩子哪？"他的嗓门儿很大，声音既没有颤抖也没有卡壳。他这一身邋里邋遢的——真就敢这样进城吗？他没穿外套，只有一件从上到下一溜儿纽扣的背心，下身是脏兮兮的褪色牛仔裤，一只脚穿着黄色短靴，另一只脚却穿着黑色长靴；还有一件背心，挂在他胳膊上，他说那是他的擦汗巾。真是个怪人！不过还好他没带什么武器，只拿了一把餐刀，已经磨得很薄了，上面锈迹斑斑——他觉得凭这个就可以干掉他那医生佳孙：这把匕首定要捅进那人的胸口！——他面目狰狞，怒气冲天。但他还是一字一顿、郑重其事地对我说："萤火虫，好孩子，回去吧，别再往前了，我不想害你，跟着我，你会遇到可怕的危险。"瞧他这话说得！他自以为和撒旦做了笔交易，如今真就是豪情万丈、悍勇无畏的腹地好汉了吗。啊，可他毕竟还是个凡人——是他家族的后裔——是我的东家！就在这时，他伸出手指，无声地开了几枪，不知是冲那儿还是冲这儿。他骑在前头，我跟在后头，我们就这样纵马前行，马蹄嘚嘚，威风赫赫。

我们在高大的树林中穿行，却突然撞见个鬼鬼祟祟、望风欲逃的男人，一看就不是什么正经人，连他骑的马都十分可疑。我们虽看见了他，倒也可以装作没看见，毕竟这家伙与我们毫不相干。可老爷子瞧出他做过亏心事，立刻在马鞍上挺直了身子，抖着胡须喝道："哪里跑！"他策马上前，气势逼人。眼见着对面就要与他动起手来，没承想那人竟是个怂包，吓得立马缩成一团，两边就这么僵住啦？一切发生得太快，结束得太早，我都还没明白过来怎么回事。老爷子很肯定，那就是个罪犯！后来到了布雷贝雷镇，我们才知道：那人的确可以算是个罪犯，这么说是因为，他其实只是个"铁胆汉"，也就是罪犯头子手底下的小喽啰。他连逃跑的胆子都没有，讷讷地待在原地，像只脖子上系着铃铛的猫。"呔！"老爷子摇晃着大脑袋，怒火未消，"你造了孽，就得还！"他呵斥道。那小喽啰听得毕恭毕敬，却不知自己该如何是好。于是老爷子下令："你，跟我走！若你甘愿效忠于我，我会让你得到公正而仁慈的审判……"然后……谁能相信啊！可真实情况就是这样。那人骑着他的小马过来，乖乖加入了我们的队伍。看得出来，他这么做并非完全出于自愿，不过，总归不是无药可救。

我脑子早就转不动了，也不清楚还有多久才到，只是热得受不了，整个人没精打采的。刚刚发生的这一切，看到了吧，老爷子那股疯劲儿简直不可理喻。他随时随地都有可能大发雷霆，咆哮怒骂，拳打脚踢。他吼着："我要干掉窝囊废！"看他这一身的打扮，这一路的胡闹，难道真以为自己就是魔鬼了？

我们一个跟着一个，如幽灵般前行。那小喽啰苦着一张脸，我却比他还要不情愿。就在这时，我们看见：一个女人，背上背着一小捆木柴，脖子上骑着一个孩子，一看便知她穷困潦倒。老爷子温柔地催马前行，向她靠近。我的心提了起来，惊恐地看着一切发生。老爷子摘下帽子，手臂打了几个旋儿，又做了些别的花哨动作。我心想："天哪，天哪，完了！俗话说得好，女人打不得，用花也不成。眼前可不就是一朵打不得的娇花吗！"结果，事情却完全不是我所想的那样。老爷子的疯劲儿居然减退了许多。难不成他刚才是真的在屈尊向那女人行礼？他一再坚持，女人最终也只好同意：我的东家下了马，帮她骑上自己的马。他则牵起缰绳，极绅士地步行在前。如此一来，我们的小喽啰只能拎起那捆木柴，而我就得背着那个孩子。虽说我俩都还骑在马上吧，可瞧见没，活脱脱就是两个现世宝！

还好，这场闹剧没有持续太久，没走多远，我们便来到一个村子。在那里，这位被我们礼敬有加的穷苦女人下了马，脸上的神情与其说是感激，不如说是羞惭。不过有时候再回头看看，蠢事说不定也能带来些好事。原来，那里有个乡巴佬，叫"毛毛"，是那女人的儿子。乍见自己的母亲像女王陛下一样被迎了回来，他感激涕零，兴高采烈。可是老爷子直接下了命令，这回没有给对方留任何余地："找匹马，跟我走，听我指挥，跟随魔鬼，为伟大的复仇而战！"我得说，这个毛毛啊，脑子只有一根筋，是好事，也不是好事。他一听这话——也没问一声：啥？——就走开了，去弄老爷子要的马，过了许久才回来。这荒唐景象搞得大家都很尴尬，不止那些村民，我们这些外来者也是。呃，怎么办，然后呢？老爷子向我们投来炯炯目光。事情到底会有多糟糕啊？

可是否真有这么糟糕呢，我是否真的弄错了什么：我开始怀疑自己了。就让时间说明一切吧。可是，此刻我们已经走到了糊涂村，这个小村子里住着我的表兄库鲁库图 [1]。他的真名不叫这个，而是若昂·托梅·佩斯塔纳；就像我的真名也不叫萤火虫，只是，呃，只是别人高兴这么叫我，其实我叫若昂·多斯梅乌斯佩斯·费利扎尔多。我看见了表兄，向他招了招手。等走近了，我对他说："备好一匹母马，追上我们，别耽搁，我都

---

[1] 传说库鲁库图（Curucutu）是一位住在森林中的印第安少年，是动物的守护神。

不清楚我们这是要去哪儿，只知道这是魔鬼老爷的差事！"我表兄一下就听明白了，点点头。这时，我们几人已经快马加鞭追了出去——去追前头那位横冲直撞的老爷子。他越发地疯了，又一次狂怒地向前猛冲，样子可怕得很："我要干翻这个世界！"

一路上再没有其他：只有尘土漫天！日当正午。转过一个弯，就是布雷贝雷镇，我们快到小镇入口了。风向我们吹来断续的钟声。我这才想起来：今天是个圣徒节。伴着当当的钟声，鞭炮噼里啪啦地炸响，空中升腾起青色的烟雾。东家一抬手，让我们都停下，昂首得意道："这是在向我致敬呢！"他很高兴地听着如同打枪一般乒乒乓乓的鞭炮声。我们谁敢反驳他呢：罪犯头子的小喽啰、穷苦女人的儿子毛毛、我的表兄库鲁库图，还有我，毕竟这是我职责所在。我们策马疾驰，齐齐跟在他身后，走入庆典之中。就这样，我们来到了布雷贝雷镇。

真见鬼。镇上的人都在那里，乌泱泱的，挤在教堂前的大广场上，等待游行开始。啊！只见老爷子对准那边，蓄势待发，啪！马鞭一甩，那匹大马发起性子，腾跃而起，咻——我们跟了过去。人群吓得哎哟哟惊呼一片：脚步纷乱，四散开来。老爷子下了马，叉着两条大长腿，显得有些滑稽；我们跟着下了马。我把缰绳缠在手臂上，心想：不好，我们几个怕是要被抓去抬那顶供奉圣像的神龛了。可是，老爷子又一次让我大感意外。他反倒迎上前去，大声招呼众人："诸位！"然后开始从他各处口袋里掏东西。还真有。他把口袋掏了个底朝天。是钱，许多许多硬币，他通通扔在了地上。哎哟喂好家伙！——人们争先恐后，一哄而上；他们猫着腰，手脚并用，用惊人的速度捡拾着地上那些不会腐烂的垃圾。我们左踢右踹，连推带搡，拼了命地往外挤。好不容易挣脱混乱的人群，我们才喘过气来。就在这一片"什么什么""怎么回事"的喧闹声中，神父身着圣袍，出现在教堂门口。老爷子走向了神父。他走过去，站定，屈膝跪地，以便接受赐福；只是他还没走到那儿呢，就已经跪了好几次。"他的脑袋里是不是一团蒸汽……"我听见周围人在揶揄他。老爷子直直站起身，昂首环顾，摇头晃脑，扬扬得意，一把花白胡子脏兮兮的。"他从床上爬起来，一路跑到这儿，就只是为了能死在圣地吗？"另一位先生问道。他是个"嗅天鼻"[1]，神父的邻居兼密友。他又说："我不会弃他于不顾的，往日我欠过他那高贵家族的恩情债。"老爷子听见了他的话："你，过来吧！"那人低声对我说："我会为他举起蜡烛，陪他到最后……"他同意加入。一个叫"绿茄子"[2]的小子也自告奋勇，是因为贪图钱财吗？老爷子

---

[1] 在巴西东北部部分地区，"嗅天鼻"（Cheira-Céu）常被用来称呼那些鼻尖高挺上翘，或者走路时总是高昂着头颅的人。

[2] 一种产自巴西的蔬菜，名叫吉洛（jiló），外形小巧，味道微苦。

热血沸腾："上马！拿起武器！"这就是他想要的。神父又为他赐了一回福，伸出手让他亲吻，这才将他安抚下来。我越来越弄不明白了："愿上帝保佑这世界别出大乱子……"我们一行人上了马，告了别，一夹马刺，就将布雷贝雷镇甩在身后。钟声当当响起。

无所谓了——又是一路疾驰。都说午饭吃得好，能顶半程饱；我们没吃午饭，少顶了半程路，也就是说，我们拢共要走一程半的路了。对此，老爷子倒是很得意，一扬鞭：啪！在皇家大道边上，驻扎着一处吉卜赛人营地。"过去看看！"那里有狗，有小孩，还有人正忙着修锅。这帮闹哄哄的吉卜赛人，净会要些上不得台面的阴谋诡计；吉卜赛人全是厚颜无耻的家伙。咱老百姓都这么觉得：果然，他们提议做笔生意，想把我们所有的马骗到手。"滚开！你们这些魔鬼，速速退散！"可老爷子也向他们发出了号召，其中一个答应下来，加入了我们的队伍。那个吉卜赛人叫"光脚丫"[1]，他在打什么鬼主意？我大受震撼，这么多人，就这样一个又一个地加入我们。又来了个姓戈韦亚的，人称"大肚皮"，在比如今还要糟糕的世道里当过兵，只是当得很差劲。真荒唐，跟这些人一比，我发现自己居然还不差？

---

[1] 光脚丫（Pé-de-Moleque）是一种巴西传统花生糖，据说是因为颜色像赤着脚到处跑的淘气鬼的脚丫而得名。

于是，我们继续上路，老爷子一马当先："嘚儿哒哒……嘚儿哒哒……嘚儿哒哒……"俨然已是一支骑兵队了。又来一个，谁都不认识，也不是什么人物：是个流浪汉，叫"啄木鸟"，他反正没事干，一叫便来了。现在我们是十个，还有上帝：那就是十一个了！我们继续前进——走啊走——平静之下却是躁动不安。我望向老爷子，我的东家：他拥有疯狂而光辉的记忆，如同一座高塔。路过一条小溪，他命令道："让马喝水。我们不喝。我们不许口渴！"这是严酷的自我约束，是惨无人道的苦修。东家梗着长长的脖子，脖子上一颗巨大的喉结，令人心生敬畏。他就是王！也是战士。我或许已经受够了流这么多汗，但似乎流汗这件事本身也成了一种荣耀。

"我要干掉卑鄙小人！"老爷子喊。马，马背上的骑士，一路驰骋。我们有十三人了……又变成了十四个。多了个小伙子"傻蛋"，走了个"若昂·保利诺"，然后又来了个叫"刮脚板"的，还有我们一个没名字的朋友，以及一个爱凑热闹的黑人"花帽子"。他们每一个都对老爷子怀有某种热切的敬爱，于是高高兴兴地加入了队伍。我们轰隆隆地向前行进，越发志得意满，一心想要成就一番大事业。我们愿意追随老爷子，无论他心里是什么打算。这是一种解脱——一种光荣的解脱，无论烈日还是暴雨，都不能阻挡。抵达终点的喊声响起："我要干掉死了的人！"老爷子郑重宣告。

老爷子一直都是众人眼中的那个样子，直到帷幕落下也不会改变。"我要去找魔鬼！"他咆哮着，"我要干掉瘦子，就今天，我要杀、杀、杀！"他对他那位医生侄孙愤愤不忘。注意！我可一点也不傻，谁会不明白这件事有多严重呢？马蹄嘚嘚齐响——真是好马！任何看见这等场面的人都会感到不安：他们理解不了，也阻止不了。我们团结一心，铁板一块。"活着的人，当心了！"大闹一场吧！不，没有的事。我扬鞭催马，穿过疾风与花朵，来到老爷子身旁，与他并行："……嗒啦哒，嗒啦哒……塔兰唐……塔兰唐……"然后他对我说：什么也没说。但是他的眼睛明显动了动，精准地锁定目标，此刻他眼里是更浓重的蓝色。他千百次看向我。"萤火虫！"我明白，我明白，只是一眼，他只是瞥了我一眼。"东家老爷，是若昂，我叫若昂……"接着："嗒啦哒，嗒啦哒，塔兰唐……"我明白。所以，塔兰唐……原来这是一个荣耀的骑士名字，他显然担得起。好样的！马蹄声越来越响亮，尤其到了快要进城的时候，我们越发纵马狂奔。

接下来，会发生什么？——我根本没有去想；老爷子喊着："我杀！我杀！我杀杀杀！"高潮即将到来。"所有人，盯好门窗！"丁零当啷，却井然有序。我就站在中间。本人萤火虫·多斯梅乌斯佩斯，还有铁胆汉、库鲁库图、毛毛、嗅天鼻、绿茄子、光脚丫、大肚皮、啄木鸟、刮脚板、傻蛋、花帽子，以及我们的没名字朋友。老爷子仿佛要挥舞旗帜昭告天下——他是魔鬼的仆从，是倒吊着的魂灵，长着一对恶魔犄角。我们是无畏的小丑。我们在大幕后苦苦等待。又登上几级台阶，终于来到最后一幕。啊，是城里那条街。

这座城——真是一塌糊涂！看看他们是怎么迎接我们的？城里到处是汽车和士兵，一个个目瞪口呆。我们似乎不该出现在这里，至少城里的马路是这么认为的。我们一点也不怕，我们什么都不在乎。啊，那爱闹腾的老爷子呢？他在赌咒说自己要杀人。也对，他是魔鬼嘛！我们走吧……我们要去的那幢房子在什么地方，老爷子清楚得很。

于是我们继续走，到了那儿。那是一幢漂亮的大房子。我那东家简直光芒万丈，真怀念啊。每次讲到这里，我都会泪眼模糊。他到底，天哪，他到底是怎么算到的？因为，就在那天，就在那时，那里正在举行庆典。房子里全是人，叽叽喳喳、热热闹闹地办着洗礼宴：受洗的正是医生"瘦子"的女儿！我们不怕被抓，也不怕被笑话，风也似的冲了进去。没有人拦得住——无论仆人、宾客还是管家。嘿，真威风。那可是个庆典啊！

谁都没想到吧！聚会中的那一大家子被闯进屋的老爷子吓坏了——他就像个刚从坟墓里爬出来的死人；后

65

头还跟着我们这样一帮人。他们挤作一团，震惊之下茫然无措。是有些过了。这会儿他们脸上除了惊骇，还有惶恐。而我们，正用目光扫视着他们。那一瞬，一触即发。又过了一瞬。然而，就在眼睛一睁一闭之间，巨变陡生。我们这位老爷子昂首独立，在满堂沉默中大吼道："当啷！"他举起长长的双臂：

"我有话要说……"

于是就这样开始了。谁信哪？的确，这件事实在是匪夷所思。所有人围成一个大圈，只是傻乎乎地站着，显然，这就算是默许了。接着，啊，老爷子，我永远的东家，他先是咳了咳："噗噜吧！"然后，千言万语从他口中讲了出来，说真的，一个字也听不懂，但他的声音里有种神奇的力量，没有停歇，也没有减退，如同石块滚落般隆隆不休。大家都忍不住伸长了脖子。我有一种想要哭泣的强烈冲动。我的眼泪越流越多。其他人，也一样吧，我想。听得越是动情，众人越是安静。老爷子激情似火，不停地讲啊讲。后来人们都说，他讲的不过是些废话，空洞无物，风一吹就散了。老爷子似乎变得越来越高大。他气势威严，胡须枯槁，语调颇具古韵，而他的那张脸，让我感到既熟悉，又陌生。

他终于停下了，是他自己停的。亲人们相互拥抱。他们在为老爷子的精彩致辞而欢呼，看得出来，他们很满意。而我们这些跟在他后头的，也得到了款待，身上灰尘被掸去，手里被塞了开好盖的酒瓶。因为老爷子相当坚持：他只和他带来的人同桌吃饭。我们就是他的骑士，是他的疯侍卫，现下正手执刀叉，大快朵颐。当然，酒也喝了不少。老爷子同样将席间美酒佳肴尝了个遍，他品咂着，咀嚼着——就靠自己的下颌。他笃定地朝我们致以微笑，已经准备好前往远方。此刻，只有快乐。没有魔鬼。没有死亡。

之后，他忽地滞住，成为孤独的一个人，似乎连我们都无法接近。他蜷缩得那样厉害，变成小小一个，却又那么清晰，安静得好像一只空杯子。管家温森西奥先生以后不会再看见他在黑漆漆的庄园里疯疯癫癫了，再也不会了。那就是我的滑头东家，他的大名令人凄然起敬——若昂·德巴罗斯·迪尼兹·罗贝尔特斯老爷。如今，他可以永远离开这里了，去享受全然的宁静，那是他应得的。我不由得抽泣一声，又立马咽了回去。塔兰唐啊塔兰唐……那才真叫了不起！

来自那头的小姑娘

峨山背后有一片清水沼泽，沼泽中心一带称作敬主之地，她家就住在那里。父亲是个小农场主，侍弄牛群与稻田；母亲是乌鲁库亚人[1]，就算手上杀着鸡、嘴里骂着人，也从来不会放下念珠。她呢，是个名叫玛丽亚的小姑娘，大家都唤她妮妮娅。她刚生下来时，块头就已经大得不像小女娃，顶着一颗硕大的脑袋，上面两只硕大的眼睛。

她倒也不像是有意要盯着什么东西看，或是在观察什么。但她总安安静静地待着，不想要布偶女巫，也不想要其他玩具，每当人们看见她时，她都乖乖坐着，几乎就没动弹过。"她说的话谁都听不大懂……"父亲说起时总有些不安。她那些莫名其妙的用词倒在其次，毕竟她也只会偶尔问上一句，比如："他暑鲁过啦？"至于她问的是谁，又问了什么，没人能弄明白。更关键的原因是，她的想法太古怪，表达太夸张。她会冷不丁地笑

---

[1] 乌鲁库亚（Urucuia）是巴西东南部地区米纳斯吉拉斯州北部的一个市镇，当地风貌极具腹地特色，是罗萨作品中的重要地点之一。

着说:"犰狳看不见月亮……"她还会讲故事,讲得荒唐又含糊,而且都特别短:一只蜜蜂飞上了一朵云;一群小女孩和小男孩坐在一张摆满糖果的桌子旁,桌子很长很长,他们待了很久很久,有无穷久那么久;或者一定要把大家一天又一天失去的所有东西列成一张单子。她的生活就是这样。

然而,还不满四岁的妮妮娅通常不会给人添乱,也不怎么显眼,除非有人注意到她一丝不动,一言不发,保持着绝对的平静。甚至看不出她特别喜欢或者不喜欢什么东西、什么人。吃的端来给她,她依旧坐着,把叶子做的餐盘放在腿上,先吃肉、蛋、炸猪皮,或是任何最美味最诱人的食物,然后再吃剩下的,大豆、玉米糊糊、米饭或南瓜,动作缓慢得极具艺术感。看她这个样子,好像永远不为任何人任何事所动,大家突然有些害怕,问:"妮妮娅,你在做什么?"她拖长了调子,带着笑容与旋律答道:"屋——喔……孜——艾……孜——屋——沃。"她在制造空白。这小傻瓜真这么傻?

她什么都不怕。听到父亲让母亲给他滤一杯浓咖啡,她会自顾自地笑着议论:"贪吃小屁孩……贪吃小屁孩……"她也常常这么叫母亲:"大个子丫头……大个子丫头……"这让她父母很生气。但是没用。妮妮娅只是喃喃道:"没啥的……没啥的……"那样轻声细语，那样力不从心，就像一朵花儿。别人叫她去看新鲜，大人小孩都爱看的那种，她也这么说。她不在意周围发生的事，只是平静而蓬勃地生长着。没人能够真正管住她，也没人知道她喜欢什么。该怎么教训她？打她吗？应该没人敢，况且也没有理由。不过，她对母亲和父亲的态度，与其说是尊重，看起来更像是某种很可笑的宽容。而且，妮妮娅还挺喜欢我的。

我们在交谈，就现在。她欣赏着夜晚夸张而厚重的大衣。"鼓鼓的！"她看着那些星星，它们随时可能被抹除，却又高悬于凡尘之上。她把它们叫作"啾啾星"。她反复说着："都出来啦！"这是她最喜欢的一句感叹，在各种情况下说过好多次，每一次都会带着微笑。还有空气。她说空气里有记忆的味道。"风停下的时候大家都看不见……"她在院子里，穿着黄色的小裙子。她说的话有时其实没什么特别的，只不过是大家把那些话给想复杂了："徒步就能飞到的高度……"不不，她先前只是在说："……秃鹫不能飞到的高度。"她的小手指几乎伸到了天上。她忽然记起："那是'来见我'树葡萄……"她叹了口气，然后说，"我想去那儿。"去哪儿？"我不知道。"接着，她发现，"小鸟从歌唱中消失了……"其实，小鸟那会儿一直在歌唱，只是随着时间流逝，我越来越觉得，当时我并没有听见；现在，那歌唱早已中断。我说："是棕腹鸫[1]。"从那以后，妮妮娅就开始叫它"隔壁宗奶奶"。她的回答变长了些："我吗？我在制造思念。"还有一次，谈到已故的亲人时，她笑了："我会去看他们的……"我呵斥了她，规劝她别胡说。她看向我，满是嘲讽，似乎一眼就把我看穿："他暑鲁过你啦？"我再也没有见过妮妮娅。

可我知道，大约就从那时起，她开始行神迹。

神迹突如其来，最先发觉的既不是母亲也不是父亲。而是安托妮阿姨。好像是某一天早晨。妮妮娅独自坐着，看向几人面前的虚空："我要青蛙来这儿。"他们虽然都听见了，但只觉得那是胡话，她又在像往常一样胡说八道了。安托妮阿姨想也不想，就又冲她摇了摇食指。然而，就在此时，那个小家伙一蹦一跳地进了屋，直奔妮妮娅脚下——那不是什么大嘴蛤蟆，而是一只漂亮的沼泽蛙，它从郁郁葱葱中来，绿得出奇。这里从来没出现过这种青蛙。她笑了："它在用魔法呢……"其他人都惊呆了，屋里出奇地安静。

几天后又是一次，依旧是那般平静："我要番石榴酱玉米糕……"她小声说。于是，还不到半小时，便有一位大婶远道而来，带了些用叶子裹好的番石榴酱小面

---

[1] 棕腹鸫（sabiá）是巴西的国鸟，许多著名的巴西诗歌与歌曲中都有所提及。根据巴西原住民传说，一个孩子如在春天的清晨听到棕腹鸫的歌声，便会获得和平、爱与幸福。

包。这，谁知道怎么回事呢？奇迹接连发生，桩桩件件都是这样。她要的，一旦说出来，就会突然成真。只是她要得很少，净是些没头没脑、无关紧要的东西，有也不嫌多，没有也不少。就这样，等到母亲疼得一病不起、无药可医的时候，妮妮娅怎么都不肯说出要母亲好起来的话。她只是微笑，悄悄地自言自语："没啥的……没啥的……"没有人劝得动她。可她终于还是走了过来，慢慢地，给了母亲一个暖洋洋的拥抱和亲吻。母亲震惊而又虔诚地看着她，一分钟后就痊愈了。于是一家人知道了，她还有别的法子行神迹。

他们决定保守秘密。免得那些个寻根问底的、居心叵测的、唯利是图的人闻风而来，闹出什么乱子。还有神父，乃至主教，他们可能也想把小姑娘接走，带去森严的修道院。不能让任何人知道，再亲的亲戚都不行。而且，父亲、安托妮阿姨和母亲也不愿意聊起这个，只对整件事感到无比害怕。他们认为这都是幻觉。

渐渐地，父亲就不怎么高兴了，因为这一切似乎没能得到妥善利用。干旱降临，比以往更加严重，连沼泽都面临着枯涸的危险。他们试图让妮妮娅说：要下雨。"但是，不可以哦……"她摇了摇小脑袋。他们一直在劝她：要是不这么做，就什么都没了，牛奶、米饭、肉、糖果、水果、糖浆。"没啥的……没啥的……"她安详地微笑着，面对家人的一再请求，终于闭上了眼睛，仿佛燕子突然沉睡。

又过了两个早晨，她说：要彩虹。下雨了。很快就有了一道彩虹，其中格外亮眼的是绿色与红色——那红色其实更像是一种鲜艳的玫瑰红。在那个凉爽的下午，妮妮娅异常兴奋。她做了一件以前从未有人见她做过的事，满屋满院里蹦跳、奔跑。"她这是看见绿色小鸟[1]了吗？"父亲和母亲暗自疑惑道。那些小鸟唱着歌，俨然是一国来使。然而，突然在某一刻，安托妮阿姨似乎教训起了小姑娘，话说得很凶、很重，根本毫无道理，连母亲和父亲都不明白怎么回事，心里也不大高兴。妮妮娅温和地坐了回去，一动不动，仿佛进入了睡梦，甚至比那还要静止，沉浸在她那绿色小鸟般快乐的思绪当中。父亲和母亲窃窃私语，很是高兴：等她长大了，懂事了，肯定能给家里帮上大忙，这就是天意。

后来，妮妮娅生病去世了。都说是这里的空气和水有问题。自此，所有的生动都变得太过遥远。

这一打击让家里所有人各怀悲痛：太过突然，太过沉重。母亲、父亲和安托妮阿姨觉得，他们每个人都好像死去了一半。更叫人心如刀刺的是，只见母亲手掐念

---

[1] 巴西俗语。传说有男孩训练了一种绿色长尾小鹦鹉，让其将情书叼给心爱的女孩，以避开女孩父母的监视。因此，"看见绿色小鸟"被用以形容情侣热恋的状态，也可以指某人没来由地欣喜若狂的模样。

珠，口中却不再念诵万福玛利亚，只能不停哀号着那句"大个子丫头……大个子丫头……"，凄厉无比。父亲则伸出手抚摸妮妮娅老爱坐着的那张小板凳，他自己没法坐上去，因为凭他这个成年男人的体重，小板凳会被坐坏的。

现在，他们得去村子里传信，让人打口棺材，张罗丧事，还要由贞女和天使送葬。这时，安托妮阿姨壮起胆子，觉得必须把这事讲出来：就在出现雨后彩虹与绿色小鸟的那一天，妮妮娅说了些不该说的疯话，所以自己才会那样训斥她。她说的是：要一口玫瑰红的小棺材，上面要有闪闪的绿色装饰。这也太不吉利了！那么，真要按她说的那样定做一口小棺材吗？

父亲的眼泪夺眶而出，怒吼道：不！啊，要是他同意了，岂不成了罪人——帮着妮妮娅死得更加彻底的罪人……

母亲却想要满足妮妮娅的愿望，于是开始和父亲争论。不过，母亲在哭得最厉害的时候，突然平静了下来——带着那样美好而真挚的微笑——停滞在一个念头里：不用找人去做，更不用解释什么，因为一定会刚刚好出现那样一口小棺材，玫瑰红的，上面有闪闪的绿色装饰，因为就是这样，就应该这样！——这就是神迹，来自她的小女儿，荣耀中的圣妮妮娅。

喝啤酒的马

那个男人的庄园半掩在黑压压的树影里，从没有人见过一栋房子周围能种那么多树。他是个外国人。我听母亲说起过他的来历：那一年正闹西班牙流感，他来到这里时像是惊魂未定，总提心吊胆的，于是买下了那块处处戒备的土地，还有那栋房子，他可以手握猎枪，透过任何一扇窗户，监视远处的动静；那会儿他还不像现在这样，胖得令人作呕。据说他什么脏东西都吃：蜗牛，甚至蛤蟆，再配上一捧捧浸泡在水桶里的生菜。常看见他坐在门槛上吃午饭和晚饭，两条肥腿夹着泡生菜的水桶，地上还放着更多生菜；除了这些，他倒也吃肉，是真正的、煮熟的牛肉。也许是他花了太多钱买啤酒的缘故吧，不过他从不在人前喝。我路过那儿时，他总会招呼我："伊里瓦里尼，再给我一瓶吧，给马喝的……"我不喜欢问问题，觉得没意思。有时候我没拿啤酒，有时候拿了，他就会把钱补给我，还额外给些小费。他的一切都让我恼火。他连我的名字都叫不对。管他是无意轻视还是有意冒犯，反正我可不是什么大度的人——无论如何，无论是谁，我都不原谅。

母亲和我是为数不多敢从他家门口经过，去走小溪上那座木板桥的人。"随他去吧，可怜见的，打仗时可遭了不少罪……"母亲为他辩解。他身边跟着几只大狗，是用来看守庄园的。其中有一只，或许实在不讨他喜欢吧，看上去总是很害怕，不亲人——它是几只狗里最不受待见的，可即便如此，他也从不许那只狗离开他脚边，还时常鄙夷地喊那该死的畜生"墨索利诺"。厌恶的情绪在我胃里反复翻腾：这外国佬真叫人恶心，脖子老粗，肚子怎大，说话嗓子还卡痰——他凭什么有那么多钱，有那么大的派头，跑来买下这块基督的土地，却根本不尊重别人的贫苦，还总是成打成打地买啤酒喝，口音也那么难听。啤酒？其实他养的马——四匹或是三匹吧——估计从来不干活，他不骑，也骑不动。他连走路都快走不动了。烂透了这人！他老爱停下手头的事，抽上几根又小又臭的雪茄，雪茄被他咬得稀烂，浸满口水。他真该被好好教训一顿。这家伙每天按部就班地过活，房门紧锁，只当全世界都是贼呢。

倒也不全是，我母亲他就挺喜欢，待她十分和气。我可不吃这一套——这也打消不了我的憎恨。即便我母亲病重时，他还主动出过钱买药。我收下了，谁能一辈子总说不呢？但我没有道谢。他这么做肯定是心中有愧，因为他是个外国佬，还这么有钱。况且这也没啥用，我母亲圣洁的灵魂还是去往了黑暗之地，而那个该死的男人却想着为她打点葬礼。随后，他问我要不要来替他干活。我被弄糊涂了，啥情况。我知道自己天不怕地不怕，我人高马大，什么都能应付，这一带几乎没人敢和我杠上。也许他只是需要我的保护，日夜不休地防备外来者和别的什么东西。应该是这样，因为他什么都没让我做，只是叫我在附近瞎逛，但得带着枪。不过，给他买东西的活儿由我负责。"啤酒，伊里瓦里尼。给马喝的……"他认真地说道，弹舌弹得像在打鸡蛋。我巴不得他冲我破口大骂呢！总有一天，我会让那个男人知道我的厉害。

最让我感到奇怪的，是他到处遮遮掩掩。那栋高大古老的房子，无论白天黑夜都是锁着的，没人进去。不去里面吃饭，也不去里面做饭，一切都只在门的这一边进行。我发现，就连他自己也很少进门，除非是去睡觉，或是去放啤酒——哈，哈，哈——是给马喝的啤酒。我对自己说："你等着吧，死肥猪，甭管里面有什么，迟早有一天看我不进去！"按理说，那会儿我应该去找能管事的人，把这家伙的种种荒唐行径告诉他们，请他们采取措施，打消我的疑虑。这事不难，但我没去做。我向来不爱多话。不过，就在那段时间，他们还是来了——那些外地人。

那两个男人贼眉鼠眼，是从首都来的。叫我去见他们的是副警长，普里斯西里奥先生。他对我说："雷瓦利诺·贝拉尔米诺，这二位是政府派来的，都是信得过的人。"那两个外地人将我拉到一旁，盘问了我许多问题。他们想打听出这个男人的所有底细，鸡毛蒜皮的事都要一一过问。我忍是忍了，但其实什么都没讲。当我是什么啊，长鼻浣熊吗，由着两条狗冲我狂吠？我只是起了疑心，因为他们看着不像好人，鬼鬼祟祟的，不怀好意。但他们给了我钱，还不少呢。他们中领头的，用手搓着下巴的那位，交代我说：我雇主这么一个危险的人，真的是独自居住的吗？他还让我一逮着机会就留意，我雇主的某条小腿上是否有镣铐——就是监狱逃犯会戴的那种铁环——留下的陈年疤痕。行吧，我嘟囔着答应了。

跟我说他危险？就他？——哈，哈。他年轻时或许是个人物吧。可现在呢，天天挺着大肚子，胡吃海塞，好吃懒做，只会要啤酒喝——哦，给马喝的。真混账啊这人。我发牢骚不是为我自己，我可从来不喜欢喝啤酒。我要喜欢，会自己买，自己喝，或者向他要，他也会给。他说他自己也不喜欢喝。确实。他只会吃一大堆生菜，再配上肉，包得满嘴都是，看了叫人想吐，还要蘸很多橄榄油，直舔得到处起沫。到后来，他有些魂不守舍，难道是知道了有外面的人来过？至于他腿上是否有奴隶的印记，我没注意到，也没去看。我是那种会给官老爷当狗腿子的人吗？更甭说他那两个被派来打探消息、浑身心眼子的手下了。但我的确想找个法子，哪怕是找条小缝，也要偷偷看一看，那栋到处上锁的房子里面有什么。那些狗已经变得温驯而友好。可是，吉奥瓦尼奥先生似乎开始防着我了。于是，有一天他趁我不备叫住我，打开了门。那里面臭烘烘的，是东西常年被捂着才有的味道，毕竟新鲜空气进不来。客厅又大又空，没有家具，只有空地。无论是否故意，总之他让我随便看，还带我进了好几间卧室，让我看个够。哈，不过，后来我自己琢磨了一下，终于想起：还有些房间呢？房间有很多，我没全部进去过，都锁着。在其中一扇门后面，我觉察出有某种气息存在——我是后来才意识到的吗？哈，那意大利佬想要滑头，显得自己很聪明，我不比他更聪明？

此外，几天以后，总有人深夜听见荒野滩涂上有马蹄声，骑手是从那座庄园的大门出来的，都好几回了。真的假的？这么说，那家伙其实一直在装神弄鬼，弄出些狼人的故事来唬我。可有些事似乎只能用那个离奇的念头来解释，而我又始终搞不明白：万一他真有那么一匹奇怪的马，只是从来都藏在那栋房子里，藏在某处昏黑的角落？

正巧在那周，普里斯西里奥先生又叫我去了一趟。两个外地人也在那儿，正图谋着什么，我是半途才加入谈话的。他俩其中一个，我听到是在"领事馆"工作。

但我这回告诉了他们全部，或者差不多全部吧，这是为了报复，也为了许多别的缘故。随后，外地人命普里斯西里奥先生去办差事。他们依然不想露面，普里斯西里奥先生得自己去。他们又给了我钱。

我就在那儿又着手，假装与我无关，也什么都不知道。普里斯西里奥先生过来了，对吉奥瓦尼奥先生说：那些故事是怎么一回事，就是有关马喝啤酒的那些？副警长盘问着他，步步紧逼。吉奥瓦尼奥先生全程显得很疲惫，缓慢地摇着头，吸溜着快要流到雪茄屁股上的鼻涕，但他并没有给对方摆臭脸。他用手使劲抹了抹额头："长官，您要看不？"他转身离去，回来的时候拎着满满一篮啤酒瓶，还有一只水盆，把啤酒全倒了进去，溅起许多泡沫。他让我去牵马来：就那匹浅肉桂色、模样很好看的枣红马。结果——说出去谁敢信啊？——马立刻走上前，耳朵机警地竖着，撑圆鼻孔，伸舌头舔了起来。它呼噜呼噜地大口喝着，喝得津津有味，直到水盆见底。大家都看得出来，这马喝啤酒早就喝惯了！它该是什么时候被教会的呢？眼瞅着马还一个劲儿地想再要些啤酒喝。普里斯西里奥先生有些尴尬，道个谢便走了。我的雇主响亮地吹了个口哨，看着我说："伊里瓦里尼，现在日子越来越不太平，枪可得握紧了，别松手！"我点头同意。这人真是好手段，谎话一套一套的，我不禁笑了出来。可即便如此，我还是不大高兴。

这事儿还没完，等那两个外地人又一次到来时，我说出了自己的猜测：房子里有那么多房间，一定另有猫腻。这一回，普里斯西里奥先生带了个当兵的来。他只是通知了一句：他要以法律的名义，搜查所有卧室！吉奥瓦尼奥先生平静地站着，又点了根雪茄，他遇事向来不慌。他打开家门，让普里斯西里奥先生和大兵进去，还有我。房间呢？他径直走向紧锁的一间。结果所有人都吃了一惊：里面很大，却只有一样东西，独一无二——也就是说那东西根本不该存在！——一匹大白马，被做成了标本。它是如此完美，头脸方正，仿佛一匹小孩子骑的玩具马；它的毛很有光泽，雪白雪白的，收拾得很干净，鬃毛浓密，臀肌发达，高大得就像摆在教堂里的雕塑——屠龙者圣乔治的战马。到底是怎么把它带来或请人运来的，又是怎么组装好后放进去的呢？普里斯西里奥先生一下子泄了气，震惊不已。他还去摸那匹马，到处都摸了个遍，发现里面既不是空心，也没有塞东西。吉奥瓦尼奥先生等到和我单独相处时，嚼着雪茄说："伊里瓦里尼，我俩都不爱喝啤酒，真是罪过哈？"我表示同意。我真想告诉他这事情背后到底发生了什么。

普里斯西里奥先生和外地人对此似乎已经没了兴趣。可我还没把这事儿弄明白：那房子里其他锁在门后的房间呢？他们本该一次性把房子彻底翻查一遍的。当然了，我不会提醒他们这一点，我又不是什么给人指点迷津的大师。吉奥瓦尼奥先生又和我聊了起来，似乎心事重重："伊里瓦里尼，你瞧，生活这样残酷，人都被困在里头……"我不想问他那匹白马的事情，只是细枝末节罢了，可能曾是他打仗时心爱的坐骑。"但是啊，伊里瓦里尼，我们实在太热爱生活了……"他要我和他一起吃饭，可他鼻子底下还挂着黏糊糊的鼻涕，不停地吸溜着，听上去恶心得很，而且他身上到处是雪茄的臭味。看着那个男人憋了一肚子苦水，却什么也不说，实在太难熬了。于是我离开了，去找普里斯西里奥先生说：我不想知道有关外地人的任何事，不想听什么八卦，也不想玩这种两面三刀的把戏！他们要是再来，我一定赶跑他们，保不齐会骂多难听的话，下多狠的手——站住！——这儿可是巴西，他们同样也是外国人。拔刀动枪的事，我可不怕。普里斯西里奥先生知道。但他还不知道即将到来的变故。

事情发生得很突然。吉奥瓦尼奥先生大开家门，喊我过去：在客厅地面中央，躺着一个男人的尸体，用被单盖着。"若塞佩，我的兄弟……"他告诉我，声音哽咽。他请了神父来，还要教堂鸣钟三声，为死者哀悼。没人知道他有这么个兄弟，竟一直躲着藏着，从不与人交往。葬礼办得相当体面，够让吉奥瓦尼奥先生在所有人面前显摆了。只是，下葬之前，普里斯西里奥先生来过，我猜是外地人许了他好处，他要求掀开被单检查。可一掀开，我们所有人看到的只有恐怖，眼里都充满怜悯：死者没有脸庞，更确切地说——那只是一个巨大的空洞，遍布着陈年老疤，令人毛骨悚然，没有鼻子，没有脸颊——众目睽睽之下，森森白骨就那样裸露在外，从食管顶端，延伸到喉结，再到喉咙根。"这就是战争啊……"吉奥瓦尼奥先生解释道，满怀着温柔，嘴巴也傻乎乎地忘了合上。

这下，我只想找个去处，然后立马上路，那座被树影团团包围的庄园，既怪异又晦气，我是再也待不下去了。吉奥瓦尼奥先生坐在外面，还和他这么多年来的习惯一样。掩藏不住的悲痛击穿了他，突然一下让他病得更重了，也老了许多。但他还是那样子吃，吃他的肉，吃桶里一棵又一棵生菜，不停地吸着鼻涕。"伊里瓦里尼，生活还真是……乱七八糟。你晓得不？"他问道，简直像在唱歌。他眼眶通红地看着我。"我咋不晓得……"我回答。我没有给他一个拥抱，不是因为厌恶，而是难为情，不想也眼泪汪汪的。于是，他做了件最让我意想不到的事：他开了瓶啤酒，瓶中溢出许多泡沫。"咱一起吧，伊里瓦里尼，庄稼汉，小伙子？"他提议道。我答应了。一杯又一杯，喝了二三十杯，我一定要把那啤酒喝了，全喝了。到我离开的时候，他已经平静下来，让我带走那匹马——那匹爱喝酒的枣红马——还有那条可怜巴巴的瘦狗，墨索利诺。

我再也没有见过我的雇主。后来我才知道他死了，遗嘱里把庄园留给了我。我请人修了几座墓，做了弥撒，为他，为他兄弟，为我母亲。我又请人卖掉了这块地，但要先把树都砍了，还要把之前那个房间里找到的东西埋在地下。我再也没有回去。不，我忘不了那一天——忘不了我是多么感同身受。我们两个，还有许多许多啤酒瓶，那时我隐隐觉得，还有个啥东西也想过来，就在我们背后：或许是那匹白面枣红马，或许是圣乔治的大白马，或许是他那死得可怜的兄弟。结果，只是幻觉罢了，那里什么都没有。我，雷瓦利诺·贝拉尔米诺，总算晓得了。我把剩下的啤酒一点一点喝了个精光，让人以为那栋房子里所有的啤酒都是我喝的，也好圆上这个谎。

精灵的故事

故事是这样的，去年十月末，我的朋友凯·延森来到累西腓[1]为他的公司办事。就在那时，北欧航空的第一架飞机正为开通南美航线进行试飞，途经累西腓。机组乘务长从丹麦来，是地地道道的丹麦人，名叫保尔·卢德维格森，与来自故乡的老友延森一见面，便像北欧人惯常的那样，聊起了生意和大自然。当然，聊的是巴西的大自然。蜂鸟？对，蜂鸟。卢德维格森请延森帮他弄几只蜂鸟来，到时送去哥本哈根动物园。随后，他继续前往布宜诺斯艾利斯，飞机在那里停留了十天。在此期间，延森联系到一个贩卖野生动物的商人，这位叫作"哈根贝克"[2]的动物贩子准时且高效地办妥了差事。他给他在内陆的代理人发了电报。然后，吻花鸟[3]就送来了。当北欧航空的飞机从布宜诺斯艾利斯回程

---

[1] 巴西东北部最大城市，伯南布哥州首府，历史上该国最主要的奴隶贸易港口之一。

[2] 19世纪曾有一位德国野生动物商人，名叫卡尔·哈根贝克，他发起了去除笼舍、模拟自然环境的动物园建筑革命，创办了德国最著名的私人动物园——哈根贝克动物园。

[3] 巴西人对蜂鸟的别称。

时——那是一架 DC-4 飞机，名叫帕萨滕（意思是"信风"），机身两侧绘有飞翼徽章，由三国旗帜组成——蜂鸟已经就位，个个光彩夺目，只待卢德维格森到来。

一共十五只，全混在一座大笼子里，就像一簇盛开的花朵，来自腹地最好的区域。我的朋友延森只知道，这些蜂鸟品种各异，有些比较大，叫作燕尾蜂鸟（原话如此），有些则非常小，几乎只有甲虫那么点大。那颜色呢？"颜色很多，主要是绿色和蓝色。还有些更活泼的颜色……但大多还是金属色……"我知道要把这事儿说清楚并不容易，蜂鸟身上什么颜色都有：柠檬黄、石榴红、茄皮紫；勃艮第酒红、苦艾酒绿、醋栗酒红；孔雀石绿、氯铜矿绿、石青蓝，以及世界上所有的色彩，全在这里了。此外，它们的颜色还会随光线改变，像黑巫师，或是古灵精怪的捣蛋鬼萨西[1]，如电流般飞速旋转，瞬间千变万化，叫人头晕目眩。不知它们会从哪里突然出现，箭也似的扑到同一朵花上，真像一轮花瓣，接着又在半空中四处弹动，活力澎湃，没有哪双眼睛能够定格它们的身影。它们可以猛然转向，画出笔直的折线，甚至还可以倒着飞。我的家乡也有蜂鸟，它们

---

[1] 巴西民间传说中栖息在森林中的人形生物，起源于巴西南部的原住民文化。它皮肤黝黑，没有毛发，身材矮小，只有一条腿，但移动速度很快，总是戴一顶红色兜帽，拿着烟斗抽烟，性格顽皮，到处搞恶作剧。

从树林中来，宛如王族：是蓝色苍蝇，是彩虹，是糖纸，是彩带，是阳光下的肥皂泡，是圣诞树上的装饰球。它们只会在早上从窗户飞进屋里，小小的，绿绿的，据说能够带来好运。在伊塔瓜拉，我见过更大的，比如一种叫作"百香果花"的蜂鸟，有着紫色与绿色的羽毛，它们在空中飞速旋转，快得不见踪影，像风扇那样发出呼哧呼哧的巨响。而哥伦比亚的蜂鸟种类更多，形态更丰富，数量也更多，简直让我觉得它们就是在那里被创造出来的，或许那儿就有个蜂鸟工厂。

可是，它们一共十五只，品种各异，又都那么耀眼，所以相互之间经常打斗，很快就有两只在打斗中丧命。只能把它们分开放进三四个小笼子里。那么——趁我还没忘记——它们吃什么？它们不吃东西。它们只喝东西。或者说是吸食加了糖的水，糖水灌在一个底部弯曲的玻璃管里：那是一种细长的 J 形试管，可以固定在笼架侧边上，或从笼顶挂下来。因为它们进食时并不落地：它们会悬停在空中，振动翅膀，将长长的小喙刺入试管。它们只在休息时，才会降落到光滑的小木杆上。真神奇。

对了，另外还逃了一只，它是个胆量极大的享乐主义者或恋家派，也就是说，它宁肯在伯南布哥州一直"累西腓"下去。剩下十二只倒是很乖。一切准备就绪。必要的说明书、文件和许可证也都办好了。甚至——真不是我们在开玩笑，但这实在太奇怪了——还包括健康证……鸟笼被吊上飞机，放在了飞行员和无线电报员的座位之间。延森与卢德维格森道了别。这架四引擎飞机像往常一样起飞、攀升，在累西腓上空飞了一阵子，然后钻进悬于海上的云层——是极地的平原，是皑皑的山脉。接下来的航线是达喀尔—里斯本—巴黎—哥本哈根—斯德哥尔摩。飞机满载而归，当然啦，满载的是蜂鸟。

飞机横穿了地球上最肥沃的赤道地带，没有任何异常情况发生。然而，里斯本的天气已经转冷。这些阳光之子开始经受不住严寒之苦，一个个儿地从小木杆上掉了下来。幸好，里斯本是要过夜的经停点，会停得比较久。卢德维格森冲去希亚多[1]买了一块电热板。他把电热板带回酒店房间，将几个小笼子放在上面。他在里斯本的那一晚没有合眼，彻夜守着蜂鸟。十二只瓜伊农比[2]总算是活了过来，重新绽放出光彩：它们吸食了糖水，在空中玩起了陀螺转，嗡嗡作响，闪烁着、颤动着，比在博尔博雷马高原[3]看见的更加生机勃勃。第二天早上，飞机再次起飞，它们继续上路。

与此同时，一封电报从里斯本发出，传送给了哥本

---

[1] 里斯本历史悠久的商业区，最著名的当数巴西人咖啡馆（A Brasileira），葡萄牙诗人佩索阿常常光顾于此。

[2] 巴西原住民对蜂鸟的称呼。

[3] 位于巴西东北部，主要由山脉构成，横跨伯南布哥、帕拉伊巴等四个州，生态系统多样，生物种类丰富。

哈根动物园的园长阿克塞尔·雷文特洛[1]先生——这家动物园是官方机构，无论战火止息还是复燃，总是保持着良好的财政状况，从无债务，去年一年就有一百多万访客付费参观，要知道这可是一座只有七十五万人口的城市，丹麦人实在太热爱大自然了。然而，动物园缺少了一样极其重要的东西：luftensdiamanter，意为"空中的钻石"，也就是我们的吻花鸟。不仅如此，他们是得而复失，就更加念念不忘了：哥本哈根动物园从前也有蜂鸟。最后一只在1945年寿终正寝，过往经验表明，蜂鸟的寿命最多只有七年，至少在被圈养的情况下只能活这么久。园里的蜂鸟虽是圈养，但都得到了精心照料。尽管鸟舍已经空置，里面却还在培育着一种蚊子，这种极为小巧又无比美味的小蚊子，再加上花蜜和蜂蜜酒，一同构成了蜂鸟王子殿下的饮食。动物园在等待它们，饭菜摆好了，床也铺好了，早晚都要等到；哥本哈根在等待它们。因此，我们自然可以想见：园长先生，那个幸福洋溢、活力充沛的男人，手里攥着电报，仿佛八月艳阳天里的松德海峡一样光芒万丈；他跑上街头，吻花鸟似的转着圈，在报社、电台和朋友家之间飞舞。于是，一个悦耳的警报在哈姆雷特的故乡传开了，就是

---

[1] 阿克塞尔·雷文特洛（Axel Reventlow，1894—1955），丹麦导演、作家，出于对动物的热爱，1931年开始任职于哥本哈根动物园，1943年晋升为园长。

这样简单纯粹。各大报纸全体出动,《政治报》和《贝林时报》都在头版开设了专栏,报道这十二只来自巴西的小家伙。而丹麦国家广播电台也向空中发射着电波,把这天大的好消息传遍了整个斯堪的纳维亚半岛。

此时,蜂鸟专机正从它先前离开的地方一路北上。划过天空,穿过云层,一层一层又一层,跨过西班牙与比利牛斯山脉。飞向巴黎!可是,就在这时,戏剧性的一幕发生了。海拔升高,气温下降,电热板也不顶用了。蜂鸟们瑟瑟发抖,眼看着就要死去。

整架飞机弥漫着巨大的悲痛。机长低下了头;副机长呆滞地瞪着那对蓝眼睛;电报员将手指放上键盘,准备发送讣告;卢德维格森预感自己快要流泪,从口袋里抽出了手帕。当此关头,所有人几乎是同时灵光一现,想到了挽救蜂鸟的办法。像这样的飞机都装有极强劲的加热设备,通常会在飞越北极圈以北的拉普兰冰川时使用。事出紧急,当然可以用。人们当机立断,马上启动了机器。一阵热浪升腾起来,逐渐靠近。蜂鸟们纷纷从死亡的边缘悄然回望。酷热令人仿佛置身非洲,驾驶舱闷得都快透不过气了——也难为这些可怜的白人,他们来自漫长的雾霭与冰雪,此刻汗流浃背,只能脱下外套和衬衫。但对吻花鸟而言,这是又一个春天,它们绿得铮铮作响,彰显着热带的荣耀。唯有一只除外,也许它宁愿就此死去,带着对伯南布哥的思念。

瑞典人、挪威人和丹麦人若非一向深思熟虑，从来只打安全牌，或许会觉得牺牲到这种地步已经足够。然而，不出所料，只见人们继续脱着衣服，商量了起来。飞机上有双倍的机组人员，轮流值班，再加上领航员和飞行工程师，这样一来，总共多少人我也说不清楚；但至少有十人左右。这十个小伙子，因飞行高度和引擎轰鸣早已疲惫不堪，眼下只穿着内裤，被烤得半熟，大汗淋漓，而且……还在飞往巴黎。尽管如此狼狈，但他们又继续讨论了一番，最终达成了共识：取消巴黎这个期盼已久的经停点，立刻转向，抄近路直奔哥本哈根，一切都是为了那十一只半的吻花鸟（因为先前提到的那只仍在奄奄一息）。由于这是一次试飞，机长有权更改航线。最后这一程比从纳塔尔到达喀尔的航程还要长。但是，一切为了蜂鸟！

就这样，到了下午，他们降落在哥本哈根的凯斯楚普机场，那里已是人山人海。广播电台早就在机场架好了扬声器，每天都会花十五分钟报道它们的"最新消息"，向这些南美洲的贵客表示欢迎。鸟笼出现，掌声随之响起。园长雷文特洛先生走上前，看见一只小蜂鸟已经死去，他连忙捡起，将它放入自己的口袋，想看看身体的热量是否还能救活它。随后，他发表了讲话，感谢卢德维格森，感谢延森，感谢北欧航空，感谢巴西，感谢上帝，当然还要感谢蜂鸟，感谢这份如梦似幻的馈赠。卢德维格森也发了言。他的讲话很简短，没有高亢的语调，没有刻意的停顿，也没有夸张的颤音。广播正一遍又一遍地用短波和长波呐喊："**这里是哥本哈根！巴西的蜂鸟来了！**"[1]

第二天，报纸上又刊登了新的长篇报道，头版头条，配有照片。尽管已是深秋，还是有大批人群涌向了动物园。

就在四月份，我们还收到了那十一小只的消息：蜂鸟小队全都平安无恙，在腓特烈斯贝山动物园的温室里活蹦乱跳着呢。动物园还得意扬扬地宣称，他们那儿是世界上唯一拥有这种宝贝的动物园。至此，吻花鸟的传奇画上了句号。因为现在，雷文特洛园长又写了信来，想要金刚鹦鹉、巨嘴鸟和紫歌雀。

* * *

然而，还有另外一个故事，同样真实、重大且离奇，一般人或许也无从知晓，下面我将为你讲述。

故事是这样的，当时那场兵力悬殊的战争仍在进行，只求天主保佑，让我们能够打败邪恶的轴心国势力。外交部办公厅向我国驻某处的大使馆发送了如下电函：

---

[1] 黑体字部分原文为丹麦语。

本月 15 日，在由弗里敦出发的 JX494 号水上飞机舱内捕获一只冈比亚活体。法比奥·卡内罗·德门东萨博士特请报知战争部菲利普·克内夫上校，以便就地采取相关措施。请予以办理。外交部。

天啊！人们惊呼。天啊海啊！这只蚊子也算是见过大风大浪了，它从非洲一路过来，快到终点时便被捕获，连为自己的班佐病 [1] 嗡嗡几声的机会都没有。

到得太晚了，晚了许多。

那只来自上几内亚、来自塞拉利昂的黑种志愿者，到得太晚了。

可是，它就这么来了，整整十个小时，大几千英里的距离，高高地飞过那条悲惨之路：是沿海的无风带，一片片绿色的海域迟缓地流淌，或是从蓝色过渡成蓝色的一条条航道，海浪翻涌，泡沫飞溅，在晨星的光辉下歌唱，或是如火焰般刺灼的太阳，又或是美丽皎洁的月亮；黑奴船摇摇晃晃，黑沉沉地行进在海鸥与信天翁之间，气流变化多端，海风从四面八方吹来——南风凌厉，东北风劲爽，西北风徐徐——东南西北风齐齐鸣

---

[1] 班佐病（banzo）源自安哥拉的金本杜语，意为"村庄"，巴西奴隶制时期黑奴所患抑郁症。当时，黑奴的自杀率高出自由人两到三倍，殖民者声称，黑奴思念故土，渴望自由，不堪忍受劳作，因此患上这种病症，想用死亡来寻求解脱。

咽，像船板在呻吟，从一侧传到另一侧，又像那三吨重的黑奴血肉在哀号，浓重的人味在微风的盐味里慢慢死去，直至漫天雷暴盲目袭来，炸响一串惊雷，或卷起一阵飓风，或泼下一场大雨，航道对峙着横风与殆尽的暴雨，承受着浪潮的痛击，帆船在高大的浪峰间起起落落，风全无章法，海震耳欲聋，波涛汹涌，纵横交错……

　　然而，这只小冈比亚必须被捉住，并且要锁起来，毕竟，它会带来的东西完全不同于非洲曾经带给我们的那些好东西——棕榈油、桑巴舞、非洲神、玫瑰茄，它带来的是疟疾。那是一种传播极广的疾病，甚至可以称得上是流行病了，这一点可以由咱们那个出色的部门——国家流行病防治局来证明。这种刚果蚊子比我们本土的蚊子更爱"登堂入室"，而且感染者即使病情好转，之后也会多次发病。早在1930年，这些冈比亚外来者就已经搭上邮政飞机，跨越大西洋，全副武装、井然有序地登陆美洲，入侵东北，直到1941年一直霸占着这片土地。为了消灭它们，人们展开了残酷的斗争。总之，祝愿我们的不速之客蚊子大人，"非"回去时一路逆风。

环环相扣

在塔博卡斯公路上，一头母牛正在前行。它沿着路中央走来，像是个信奉基督的生灵。小母牛通体红色，红得浓烈深沉——是厚重的朱砂红。它挺起臀部，温顺而平稳地一路小跑，四蹄踏起地上的尘土，遇到岔路口也丝毫未曾犹豫。它摇晃着那对弯曲成王冠的牛角，埋着头，直直地走在路上，路通往河边——以及河对岸——在这一天结束时，便可抵达油面包牧场，那片田产属于一位基特里奥少校。

来到阿尔坎若，那里的公路镶着村落的边缘，于是它被人发现了。人们瞧见是一头跑丢的牲畜，就想把它赶回去。可它凶悍地突围而出，跑远了。经过牧场边缘时，有几只滑嘴犀鹃从它上方飞过，又折返回来，落到它背上。它在贡萨尔韦斯的那条小溪边停下来喝水，小溪已几近干涸，水少得可怜。田野里有人开枪，是在猎鹌鹑。另一边传来狗叫声，吓得它躲进了围场。结果那里有几个女人正忙着拾柴，一见它就逃开了。每当遇上骑马的人，它也懂得要躲远些，紧贴着壁板，装模作样一番：它会弓下身子吃草，忍着难受假装无辜。然而再往前一里格，便来到了安东尼奥斯，它经过牛栏时听见有人，可这会儿还没到它的目的地，于是慌忙发足狂奔。老特伦西奥站在家门口，和另一个人说着话："儿啊，那牛是咋回事儿？""爹，那不是咱家的牛。"它坚定地前行着，并非出于茫然，而是出于情感。

就这样，小母牛趁着天还没亮——在乌鸫的第一声啼鸣和公鸡的第三声啼鸣之间——从佩德拉牧场逃了出来，太阳在它面前升起，天空与它有着几乎相同的颜色。它原本属于一支身强体壮的牛群，被牧牛人带到了这里。它来自油面包牧场——那是生养它的草甸。每年十月，雷雨将至，它心中的思念总会急剧翻涌，这种思念足可以让一头生于腹地却身在异乡的公牛病倒。于是，它走上公路的起点，面朝日出的方向，前往要去的地方。

消息传开后，佩德拉牧场的主人里热里奥先生说："天杀的畜生。"他那么高大一爷们儿，却还要管这么点小事。手下知情的人告诉他：小母牛身上的印记是一位大牧场主的，牧场在河对岸，离这儿很远。他的牧牛人们也都收拾妥当，准备出发了。这位里热里奥先生有好几个儿子，都住在附近。但其实本就不需要他们做什么。那让我们看看事情是如何发展的吧。

儿子中只有一个，是位年轻的小少爷，突然说要去办这差事，看样子十分郑重，一头是劲。他把套索系在了马鞍上，说道："那是头红色的小母牛吧？"然后就上了马。但愿他知道自己是被什么带去那里的，假如他能知道的话。他上了大路，轻夹马腹，尽管前路未知，总归是走了起来，自西向东而去。

再来看那头母牛。它已走了这么远，却还是不够远。它快步走向前面那座山坡，就连沟边的草都没停下去吃：它只是扯下一口，边走边嚼，依然无声地焦躁着。要上坡了——它摇晃着脑袋，动作很不协调，十分吃力。要下坡了——崖壁陡峭，它四蹄张开，小心地绕着圈往下挪。随后来到平地上，它才开始小跑起来。这里是一片旷野，可以看见另外一群母牛。它望向它们：仰起脖子，发出一声哞叫——叫声填满了寂寥的大地。日头很大，蓝天白云，下有树林尘土。晴空万里。

而另一边，年轻人正在辨认方向。他只看得见地平线，这就是了。他知道这样一头逃跑的小母牛会往哪里去：它必定记着路线，抄着近路——满心只想回家。与此同时，他一路都在打听。人们告诉他小母牛的最新踪迹，他那匹鹿皮棕的马儿便做出反应，一改刚才的步伐，轻快地跑了起来。它明白时间是什么，这本是一场无意踏上的冒险之旅。它又加快了脚步，跑啊跑，跑啊跑，放开蹄子跑向幻想之地。突然，豁然开朗。正值旱季无雨，眼前只有土黄色的草甸，大块大块的田野尘土飞扬，毫无特征。年轻人忽然觉得疲倦，于是休息了好一会儿。之后，他却又因此懊恼起来，随即加紧赶路。

小母牛领先了好几个钟头，依然在继续前行。这里有道高高的围栏挡住了它的去路，它便贴着栅栏一直走一直走，终于来到了一条小溪。小母牛踏入小溪，在水中走了起来，打起三倍的精神。直到又一道围栏横在它面前，眼看就要让它无路可走。它扭头退了几步——突然猛冲过去，一跃而起：这一跃像是要飞起来似的。它成功了。红色小母牛晃着尾巴，脚不沾地，蹦蹦跳跳地逐渐消失在远方。而它的对手已然逼近。

年轻人就这样被召唤着、驱使着，来到了世界的虚无当中。此刻，他只感到愤怒。他想过走回头路，先不办这差事了，改天再说。他想过要用什么词来评价自己。愚蠢。他无精打采，闷闷不乐，随时都有可能打退堂鼓。一头牲畜能把他带到哪儿去呢？这场旅程本就不应开始，如今进退两难，不知该往哪里走，却又必须走下去。要是没抓着小母牛就回去了，一定会很丢脸。为什么先前非要这般逞强呢？周围一片萧索。只有山坡正等着叶落的树木开出花来：七月的深紫色是蓝花楹，八月的黄色是金风铃。他似乎在看一幅画，画里只看得见远景。反常的空气。枯燥无趣的土地。使人深陷其中的天空。他仔细探查地面，追踪着痕迹。这时，一朵云给原野印上了巨大的阴影。年轻人放眼远眺。突然，他把手搭在额头上，惊呼出声。站在那个位置，他终于隐约看见了：是它。是那头小母牛，整个儿笼在尘团里。他的眼睛捕捉到了它，就在那里，在远处。那个身影正像人一样向山顶攀爬着。见鬼的，他倒要看看呢。片刻之间，它占据了山脊线上小小一个点，随后往另一边沉了下去，隐没在他的视野之外。它是在翻越自己的命运。

年轻人夹紧马刺，催促胯下好马疾驰向前，跑了那么久、那么远。他始终敏锐地注视着。他的眼睛可以追踪到小母牛踪迹成形的全过程。而他只是在追逐前方的风景。四野辽阔，逐渐铺陈开来，有许多灰色与黄色斑驳其间。天空也是黄色。太阳偏移，平原尽处升腾起烧荒的浓烟；烟越升越高，夹杂的蓝色越来越多，慢慢就散去了。年轻人——面对着自己铺展开的人生——心想："该是什么就是什么吧。"

接着，年轻人也爬上了山坡，从那里可以望见许多：最远处有几扇屋门，再近些是山谷中连绵的小丘——低洼处流过一条河，河滩上棕榈密布。那条河平滑而明亮，竟瞧不出河水在流淌。河流横越道路，像是将世界一分为二——却悄无声息。那些岸边的阴影，或许就是黑洞。

小母牛七拐八绕，走了许多弯路，终于抵达河边，来到最后一片野芦苇丛。靠着不知从哪里偷来的麻利劲儿，它马上就要圆满完成逃亡行动了。只见一个小小的身影扭来扭去——几乎像是一对牛角自己在水里游似的——红色小母牛渡过了这条河，就在这九月的黄昏时分。就在这迎来夜晚、引来烟霾的天空之下。

余晖初成，胜过黄金。年轻人，还有那匹好马，依旧沿着地势绕行，如同来时一样。往河边走的路上，再也没有看见飞鸟：鸟儿早已还巢。到了河边，天色渐暗，他不想冒险，无论为了什么，都不值得。他断断续续地思考着，逐步整理思绪，连晚祷的钟声都没有听见。有所得就必须有所失吗？既是如此，既非如此，他心里这样想着：他才不，他就不，他绝不……——他……是里热里奥先生的儿子。这场听天由命的追逐，或许正好止步于此，他也得以脱身。他犹豫了，去，还是不去。原本他是一定不会去的，若非因为一股连他自己都没有察觉的情感——一股深埋心底、突如其来的思念。就差最后一步了！他开始脱靴子。然后走入河水——一面高高挺起胸膛。河水安静——实则静而不安，来势汹汹。那是一条河，还有河对岸。此刻，他已经来到河的另一边。

"小母牛呢？"他加速追了上去——猛踢马刺，又放长了缰绳。但那母牛十分狡猾，花招百出地飞快逃窜着。就这样，天黑了。他的马，那匹鹿皮棕的马，竟在这时候撑不住了——它连轴转地赶了一整天的路，膝盖发软，几乎跪倒，差点儿让骑在马上的人栽到前头。

他们在夜晚的盲目之中前行——像要去上门拜访漆黑之母：母牛，男人，母牛——接连飞驰而过。"那油面包牧场到底在哪儿？牧场主是谁？小母牛又是奔着谁去的呢？"远处的山坡上，田野正在燃烧，一直烧到山顶：火星——是最早亮起的星星。前行。年轻人：迷盲。他尽力忍耐，却再也承受不了更多绝望。是树木黑色的战栗。是星星与蟋蟀之间的世界。半明半暗：孤零零的几颗星。在哪里？要去哪里？母牛可是清楚得很：这些地方它都有感情。

它到了，它和他都到了。大片大片的草地，全部属于这座牧场。母牛自黑暗中慢慢现身。它扯出一声哞叫。又叫了几下，终于无声无息。那儿，就那儿，亮着一串灯。灯光远远缀着窗户，房子很大。那灯真的只会亮一时吗？房子属于一位基特里奥少校。

年轻人和母牛从牛栏的大门走了进去。年轻人下了马，脑子里晕晕乎乎，迷茫地开始爬台阶。实在太多要解释的东西。

而他实在来得正好！

他看见一桌人，看见这户人家有四个女儿，看见其中一个，那个二女儿。她高挑白净，温柔可人，展露在他面前。出人意料吗？小伙子明白了过来。这会让今天发生的一切都变得不同。他会对她这样说起那头母牛："它是你的。"他们这两颗心是否也会变得不同？一切存在恰得其时。世上根本没有什么荒唐事：神奇的蜜糖，魔法的指环，总会在故事的某一刻到来。他们相爱了。

而小母牛呢——它只是迈开自己的腿，寻找自己的路，便赢得了胜利。

我舅是美洲豹*

* 本篇由一位母亲是印第安人、父亲是白人的荒野猎豹人讲述，混杂着葡语和图皮语、有意义的人类言语和无意义的动物叫声，充斥着语气词、拟声词、倒装、重复、省略等，同时存在着许多语法、变位、重音、拼写等方面的错误。此外，猎豹人常常会先用图皮语表达，再用葡语重复，或先使用葡语后转为图皮语。为避免造成过多阅读障碍，翻译中基本未对葡语和图皮语做出区分，仅在结尾处采用音译加括号意译的方式，对这一语言特色稍作呈现。

嗯？欤欤……啊对。没错，先生。没事儿，您要进，就进来呗……嗯，嗯。您知道我住这儿？您咋知道的？嗯嗯……欤。不不先生，不用不用……您就这一匹马？我的天！看这马瘸的，都累成这样了，不中用啦。哎呀……没错。嗯，嗯。哦您老远就看见我生的火了？是啊。那当然。您快请进，就在我这儿坐坐吧。

　　不不。这儿也算不上是我家……是啊。会有的。我觉得会。我哪是什么农场主，我只是住在这儿……嗯，其实我也不算住在这儿。我——哪里都住吧。我现在是住这儿，等我想走了就走。对。这儿是我睡觉的地方。嗯。啥？您说您说。您不用……您这是要走还是要进来？

　　啊，都拿进来吧。哎哟！您把马鞍卸下来，我帮您。您去拴马，来，我帮您……您的马鞍包、袋子、铺盖卷儿，全都拿进来吧。嗯，嗯嗯！没问题。您进了我的门，就是我的客人了。那边儿？好，真好。您坐，躺硬板床上也成。那床不是我的。我嘛——吊床，我睡吊床。硬板床是一黑哥们儿的。我蹲着就行。也挺舒服的。我来把火吹吹旺。啥？您是问那个吗？对，那就是我的吊床。嗯。嗯嗯。对。没事的，先生。嗯，嗯……
那啥，您咋不把袋子打开，翻翻里面的东西呢？哟，您
可真是头肥得流油的狼……哎哟哟……有给我的吗？
嗜，您的东西，给我干吗？我不会拿您东西的，更不会
去偷。欸嘿嘿，好啊先生，这个可以给我来点儿。这个
我喜欢。您可以倒椰壳碗里。这个我是真喜欢……

不错。真不错。啊哈！您这甘蔗酒太棒了。再给
我来一升……啊，吧呃吧呃，我瞎说的。我瞎说八道
呢，呃呃。我没醉。哇哦！您真是，人长得帅，又有
钱。啥？不是的，先生。我就偶尔喝点儿，偶尔。我自
己会酿酒：腰果啊，树果啊，玉米啊，都能酿成酒。就
是不咋好喝。哪像您的酒，这么带劲儿。酿酒可麻烦得
很哪。我的酒嘛，这会儿没了。一滴都没了。您不会爱
喝的。我那酒浑得很，穷人喝的玩意儿。

不不，黑哥们儿回不来了。黑哥们儿死了。我咋知
道的？他就是死了，应该就死在这附近，是病死的。他
没扛住。是真的。我说的都是真的……嗯……哦您朋友
路上耽搁了，要明天下午才到是吧。再来点儿？好的先
生，再给我来点儿吧。哇哦！好酒。您就带了这一壶
啊？哦哦。您朋友明天开车来啊？到得了不？您发烧
啦？您朋友肯定带了药……嗯，嗯。不，先生。我喝的
是树林茶，草木根泡的。我知道要去哪里找，我妈教
的，我都学会了。我从来不得病。顶多腿上生个疮、拉

道口子啥的，哦，还会起那种小疹子。小毛小病的怕啥，我可是森林里野惯了的。

唔，再找也没用咯……早都跑远啦。您朋友不该放走它们的。这朋友真不靠谱，哼，哼！不不，先生。它们逃得可快了，就是啊。这儿忒大了：四面都是荒草原，野得很，土著人的地盘……明天您朋友过来，得另牵几匹马来。嗯，嗯，马跑到森林那儿去了。我知道怎么找它们，我听见马蹄声了。我像这样耳朵贴着地，就能听到。马儿在跑，啪嗒啪嗒……我知道怎么追踪它们。喊，现在不行咯，没用的，这地方忒大了。它们跑忒远了。豹子在吃它们咯……您难过啦？这不能怪我。这不能怪我吧？别难过了。您这么有钱，马要多少有多少。可这几匹，豹子铁定是都吃掉了，哎呀呀！马跑到林子附近，肯定被吃了……猴子咋呼起来了——那就是美洲豹在扑您的马……

欸，再来点儿吧，好嘞，先生。真好喝。这酒忒顶了。烟草您也有吗？对，可以嚼，也可以抽的那种。您还有不，多吗？哦哦。不错。这烟真棒，真带劲儿。是的先生，那当然。您给，我就要。我是真喜欢。好烟。是希科－席尔瓦烟吗？今儿可太高兴了，您说是不？

您吃点儿啥？有肉，有木薯。对，哦，还有花生酱炖肉。保准够辣。盐我没有。都用光了。真香，不错，这个是肉。是我逮到的食蚁兽。您不吃吗？食蚁兽很好吃的。还有面糊糊和红糖砖。您可以都吃光，明儿我再去捉，宰头鹿带回来。不，明天不去宰鹿了：用不着。豹子已经抓住了您的马，扑了上去，咬断了脖子放血呢……那大家伙已经死得透透的，它还不松劲儿，还压在马身上……它咬碎了脑袋，撕开了脖子……咬碎了？稀碎！……还喝干了血，啃了一大块肉。然后它就把死马拖走了，用牙咬着，一直拖到林子边儿上，再拿树叶遮住。它现在睡着了，睡在那密林子里……美洲豹是从屁股开始吃的。但美洲狮总是先从肩胛、前胸那边下嘴。逮到貘的话，它们倒是都会从肚子开吃：貘的皮忒厚了……您信吗？但是美洲狮不会杀貘的，它没那本事。美洲豹就会杀。美洲豹可是我家亲戚！……

啥？哦，它明儿一早会回去，再吃一点。然后会去喝水。我就到时候去，跟着秃鹫一起……秃鹫这些臭东西的老巢，就在巴乌洞里边……我去了那儿，就给自个儿搞一块肉回来。现在我可算整明白了，原来是豹子在帮我捕猎，只要它捕得到。都说了，美洲豹是我家亲戚。我家亲戚，啊对，我家的，哎呀呀……我没在笑您。我就是自个儿胡说八道呢。马肉放到明天不会臭的。马肉是真好吃，顶顶好吃。臭了的肉我才不吃，呸！美洲豹也不吃。美洲狮捕的马，我就不大喜欢吃：它总把马肉全埋进沙子里，或者埋进土里，搞得脏兮兮的……

咖啡吗？没了。嗯，黑哥们儿倒是喝咖啡，他爱喝。我再也不想和黑人住一块儿了，再也不想了……他就是个大猩猩。臭得要命……但是黑哥们儿说我也很臭：是不同的臭法儿，刺鼻的臭。嗯？这草屋不是我的。不知道是谁的。也不是黑哥们儿的。这棕榈叶屋顶都发烂发臭了，也不漏雨，就是有一点点滴水。啧，反正等我不住这儿了，我就一把火烧了这屋子，谁也别想再住这儿。不能让人睡我的气味上边……

您吃吧，这花生酱炖肉不是食蚁兽的肉。是好肉来着，犰狳的肉。我自己逮的。不是偷豹子的。这种小动物它们也不会留：会全部吃掉，一丁点儿都不剩。真辣啊……嗯？哦哦，是啊，天黑了。月亮还没出来。月亮在候着了，马上就升起来。呃，没有。屋里没灯，啥灯都没有。我会生火。没关系，这草屋不会着火的，我拿眼睛盯着呢，一直盯着。我喜欢在吊床底下生一小堆火，可舒服了，又亮堂，又暖和。这儿有木头，有干树枝，都是好柴火。就我自己待着的时候，其实不需要亮光，黑灯瞎火的我也看得见。连森林里面我都看得见。嘿，林子里有东西在发光呢，您等下就看到了，不，不是眼睛——是水滴，是树脂，是竹节虫，是大蜘蛛……您害怕啦？先生，那您可成不了美洲豹……您不懂它。您能？那就讲出来！我不怕热，也不怕冷。黑哥们儿冷的时候就老是哼哼。黑哥们儿是肯干活的，很能干，也很爱干。他会去捡柴火，还会做饭。他还种了木薯。等木薯吃完了，我就不在这儿住了。哎，这酒是真不错！

啥啥？我猎过很多美洲豹，可多了。我很会猎豹子。我来这儿就是为了这个，就是专门来猎豹子的。是若昂·格德老爷带我来的。他付我钱。皮子归我，而且每杀一头我都能拿钱。钱可是好东西，叮叮当当的……只有我知道怎么猎美洲豹。所以若昂·格德老爷叫我待在这儿，好把这一带的豹子都杀光。就我自己，就凭我一个……唉……我以前卖皮子，挣得比这还多。挣了钱就用来买铅弹，买火药。还要买盐、引线啥的。呃，要走老远才能买齐这些东西。哦，还有红糖砖。我嘛——我很能走的。我能走很远，特别特别远，我脚步轻，知道怎样迈步子不累，脚要直直地往前，照这法子我能赶一整夜的路。有一回，我还一路走到了博伊多乌鲁奎阿呢……对。走路去的。我不想要马，不喜欢。我有过一匹马，后来死了，是得了病，病死的。不骗您。我说的都是真的……我也不想要狗。狗一叫，豹子就会吃了它的。豹子啥都不会放过……

喂！嚇！去去去！您不许说我杀过豹子，别说了。我自己可以说。但是您别。我再也不杀豹子了，再也不了。我杀过豹子——这事儿不光彩。美洲豹是我家亲戚不假，可是我也杀过美洲豹，杀过一大堆呢。您会数数不？数到四，再乘以十，对咯，然后您再把这个数乘以四。[1] 真有那么多？我每杀一头豹子，就往葫芦里投一颗小石子。那个葫芦里满得都装不下咯。现在我要把这装满石子的葫芦扔进河里。要是我没杀过美洲豹就好了。要是您再说我杀过美洲豹，我可就不客气了啊。您就说我没杀过美洲豹，没杀过，成不？明白啦？啊对，嗯嗯。不错，不错，就是嘛。您真够朋友！

好嘞先生，我自个儿慢慢喝着。真是好酒，贼好喝。您也喝呀，这酒是您的。小酒一抿，包治百病……您干啥老偷瞄我呢。您这块表给我成不？啊，不给啊，您不愿意，好吧……得，算啦！我不要手表。算啦。我还以为您想和我交朋友……嗯。嗯哼。对。嗯。喊！我不要折叠刀。我不要钱。哼。我要出去一下。您还寻思着豹子不会跑来这屋子旁边，不会把您那匹跛脚马也吃了？哎，它指定会来的。它伸出大大的爪子。草打着圈儿在动，慢慢悠悠地在晃：那就是它。越来越近了。美洲豹的爪子——美洲豹的脚掌——美洲豹的尾巴……它悄悄地来，就是想吃肉了。这您总得害怕了吧！怕了吗？它再一吼，您一准儿吓得屁滚尿流。它吼起来粗着嗓门儿，连空气都变沉了……轰鸣——轰鸣……就跟打

---

[1] 古代图皮语中只有从一到四的数字名称。与欧洲人接触后，当需要指代更大的数量时，图皮人会使用"我的手"来表示数字十，以及"我的手、我的脚"来表示数字二十。下文猎豹人在数星星的时候，同样使用了"四加二"的方法来表示数字六。

雷似的，震天响。还有它那张大嘴，啥都吞得下，张开来有两个嘴巴那么大！啊唷！您怕啦？得了吧，我知道，您才不怕呢。您胆子大，长得帅，勇敢得很。不过您还是把折叠刀给我得了，还有钱，随便给点儿就行。手表我不要，好啦，我开玩笑呢。我要手表干啥？又用不着……

喂，我也不是小气鬼。您想要豹子皮吗？哪，来来，您瞧瞧。这些皮子好看吧？是我自个儿猎到的，都好久了。这些我后来没卖掉。不想卖。那些吗？那是头公豹子，是我在索龙戈河边猎到的。用我的矛，只一下就刺死了，这样伤不到皮子。我嘞个萨满呀！真是个大块头。它狠狠咬住了矛柄，咬出了深深的牙印子。那头大家伙跟着就蜷成了球，在地上滚来滚去，软塌塌的，突然又变成一条大水蚺，在我的矛下发了狂。它扭来扭去，气急败坏，又是蹬腿，又是嚎叫，嗷嗷地吼着，想把我拽进长满刺的灌木丛里……我差点儿就着了它的道！

这是另外一头，也是美洲豹，但花斑更大些，吼得也更低沉。我是开枪打死它的，它当时上了树，就蹲在一根树枝上。它就待在那儿，缩着脖子。看起来像是在睡觉。其实它是在看我……可它眼睛里居然满是不屑。我都没等它竖起耳朵，就这样，就这样，砰！——就这么给了它一枪……枪子儿直接打进嘴里，这样就伤不到皮子了。啧啧，还想用爪子勾住下面的树枝呢——它哪儿还有那么多力气啊？它就那么挂着，长长一条，然后从那里直直地掉了下来，那么高，砸断了两根树枝……最后摔在地上，嗬，哎！

啥？黑美洲豹？有，多着呢，黑的也有很多。我也杀过，都一样。嗯，嗯，黑的是会和花的配对儿。我就看见过，它们一前一后地游过来，头和背脊浮在水面上。我爬到河边的一棵树上，开枪结果了它们。先打死公的，花的那头在前面游。美洲豹会游水吗？那当然，游得可好了！它们能游过大河，游得笔直，而且随时都能上岸……美洲狮也会游水，但过河就不大行了。我刚讲的那一对儿，它们过的是下游的另一条河，那河没名字，水可脏了……母的那头就是黑美洲豹，但也没有黑成煤球儿，更像是咖啡的那种黑。我把它们的尸体拖到岸上，皮子可不能丢了 [1]……好吧，但是您别再说我杀过美洲豹了，成吗？您听可以，但是别说。您不许说。啊？真的吗？哇！嘿，我就喜欢红的！您知道的……

行，我就再喝一小口。哇，我都喝出汗来了，舌头就像着了火……好酒！喝了酒，我才能舒坦。喝了酒，我才有话讲。要是没喝到量，我就讲不出话，搞不

---

[1] 作者遗作手稿中在这里标注了问号，表示有待修改。——原编者注

懂为啥，就是感觉累得不行……没事儿，明天您走您的呗。我就还是自个儿待着。这有啥的？嗯，那张皮子好，是一头还没长大的、大脑袋的美洲豹。您想要那张皮子？拿走吧。那您把剩下的酒留给我呗？哦您还发着烧哪。您快躺床上去，裹上斗篷，盖上皮子，好好睡一觉。想睡不？您把衣服脱了，手表放到犰狳壳里，手枪也放进去，没人会碰的。我不碰您东西。我去把火生得旺一些，有我盯着呢，我来照看火堆，您安心睡。犰狳壳里只有那块肥皂。不是我的，是黑哥们儿的。我不喜欢用肥皂。您不想睡啊？成，成，当我啥也没说，我没说……

您还想听我讲美洲豹不？啊哈，是啊，它们嗝屁的时候脾气可大了，骂骂咧咧的，我们人也听不懂……最多的时候我一天猎到过三头。哦，那张皮子是头美洲狮的，全身都一个色，红得跟狐狸似的。它白天睡觉，躲在高高的草丛里。对，美洲狮可难逮了：很能跑，而且老是上树。它会到处晃悠，但还是住在高原的灌木丛里。美洲豹不会让美洲狮待在沼泽地附近的，美洲豹会把它赶跑……美洲狮的肉我吃过。好吃，又香又嫩的。我用野秋葵炖着吃。放很多盐，放很多辣。美洲豹我只吃心脏，烤着吃，烘干了吃，各种吃法都试过。我还把它的油涂满全身。这样我就啥都不怕了！

先生您讲？是啊，先生。就这样过了好多好多年。

我终于把三个地方的豹子都杀光了。往那儿走叫苏库里乌河，那条河最后会流进索龙戈河。那儿全是没人去过的野林子。但往这儿走叫乌鲁劳河，再走二十里格的路就是修士港了，到了那边才看得到牧场，才会有人养牛养马。我把豹子都杀光了……是啊，没人能在这里住下去，只有我能。嗯，啊？不不……这里找不到房子的。棕榈树林背后倒是有个房子，离这儿六里格远，就在沼泽地里。那里以前住着个水廊人 [1]，老劳雷米罗。水廊人死了，还有他老婆、几个女儿和小儿子。全都病死了。是真的。我说的都是真的！……这儿没人来，来一趟太困难。太远了，一般没人来。只有爱打猎又不缺钱的老爷们会过来，每年八月份，他们都会花上一礼拜的时间，打老远的地方来，也是来猎豹子的。

他们会带着大狗来，专门猎豹子的狗。每个人都拿着好枪，那种长柄的猎枪，我要有一把就好了……嗯，嗯，豹子可不傻，它们会躲着狗走，躲去树上。狗只要找见它，就会狂吠起来……豹子会想法儿钻进乱蓬蓬的野林子深处，对，它躲那儿去，就难找咯。狗一边追一

---

[1] 水廊（vereda，原意为"狭窄的小路"）主要分布在巴西米纳斯吉拉斯州、巴伊亚州等中西部腹地，以河流为核心，两岸地形平缓，覆盖湿土，沿岸通常生长着高大的棕榈树，周围环绕着低矮的灌木与草本植物群落，形成了塞拉多草原上独特的生态景观。水廊人主要就生活在这附近，依靠种植作物、饲养牲畜以及采集棕榈果、椰子等方式谋生。

边叫，总会把它逼急的。到时它就真要发飙了，两条后腿站起来，打雷似的狂吼，前爪往地下重重一拍，把前后左右的狗通通杀光，没错，它可灵活了。不不……要是它趴着在等，那才是它最危险的时候呢：要么它把人家全杀了，要么大家一块儿死……嗯，要是它像猪猡一样呼噜起来，狗保准不敢上前。谁都不敢。一巴掌抡下来，您就完了！它左抡一巴掌，右抡一巴掌……一转身，再往旁边一跳，您根本看不清它从哪里攻过来……轰呜，轰呜。哪怕快断气了，它也能干掉大狗。它一呜呼，再一吼，一下就能把狗的脑袋给拧掉。您怕啦？我跟您说吧，您要往风没吹过来的方向看——得小心盯着，豹子很可能就打那儿突然蹦出来，扑到您身上……它会斜着跳，身子在半空中也能转弯。它一下横着跳，一下又竖着跳。您多知道些没坏处。它一下跳出来，一下又跳回去。它的耳朵抖啊抖，扑簌扑簌的，就像在下石头雨。它走路是绕来绕去地走。您见过蛇吗？对，就那个样子！簌，簌，啧啧啧，真好看哪……有时候它会发出些小动静，噼里噼里，那是它踩到了干树叶和小树枝，嗯，嗯——鸟儿被吓跑了。水豚大叫一声，老远您就听得到：嗷！——跳进了水里，那豹子一定就在附近了。要是它准备扑过来把您给吃了，那它的尾巴一定是卷起来的，尾巴尖儿翘得高高的，然后稳稳当当地摆好姿势，整个身子抻得长长的：这会儿它的脑袋看着更大了，脖子梗着，嘴巴咧开，身上的斑点拉长了，两眼也分得更开，脸紧紧绷着。哎哟，看这大嘴——哎哟，看这一抖一抖的胡须……看它舌头往一边儿耷拉出来……它岔开前腿，准备要跳了。它把重心放在后腿上——欸，欸——腿往后蹬着……被逼急了眼的豹子，那才叫可怕，它会坐在地上，把树枝踩得粉碎。然后起身，静静站着。谁敢上前，保准被撕成碎片。是啊，宁愿挨一棒槌，也好过被豹子抢一巴掌……您看到它影子啦？那您已经完蛋了……啊，啊，啊……哦不不不……您别怕，有我在呢。

那行，我就再喝点儿，您别介意哈。今儿真高兴！我也不是什么小气鬼，有肉咱就吃，有酒咱就喝，只要咱高兴……还是肚子吃饱了舒服啊。这酒也忒棒了，我就是喝不够。是啊，这柴火不咋地，生出的烟可呛人了，看把您弄得，眼泪汪汪的……嗯？哦，您说您说。我不觉得苦。我也不觉得好。嗐，这地方就这样，和其他地方一个样。打猎很方便，还有个挺好的池塘，可以游水。没哪个地方好，也没哪个地方坏，地方就是地方嘛，哪有什么好坏。这地方就是用来住的，我来这儿是为了杀美洲豹赚钱。我现在不杀了，再也不杀了。我现在专杀水豚和水獭，杀了卖皮子。是的，先生，我可喜欢人了，真的。有时候，我会走很久很久，就是为了碰到个人。我可能跑了，跟野鹿似的……

以前有个结了婚的女人，住在高地[1]边边儿上的河口旁，那河就叫作咻咻小水廊。那儿有条路，可以走去农场。她叫玛利亚·基利内亚，人可好了。老西鲁韦奥是她老公，得了疯病，一直叫大铁链子拴着。她家那口子成天讲疯话，看不大见月亮的晚上，他更是疯疯癫癫，又嚎又叫的……他们倒没死。反正他俩都没病死。唉，人哪……

　　这酒真是好喝！喝的时候我就喜欢含嘴里漱一漱，然后再咽下去。嗯哼，嗯哼。噢……在这附近转上几大圈，也就只有我和美洲豹。剩下的都是给我们吃的。它们豹子也知道很多东西。有些东西只有豹子能看见，咱看不见，想看也看不见。噫！那可太多了……我不喜欢知道太多事情，知道太多，我脑袋会疼。我只知道豹子知道的。真的，它知道的，我就都知道。我都学会了。我刚来的时候，啥都得靠我自个儿。这可不是什么好事，简直吃不完的苦头。若昂·格德老爷真不是个东西，把咱孤零零地带来，就丢下不管了。唉！要是我妈还活着就好了，亚拉妈妈，我很想她。啊呀……我孤零零一个……没着没落的……

　　后来我就学会了。豹子咋做，我就咋做。豹子厉害

---

[1] 高地（chapada）又叫冲蚀高地，是巴西塞拉多稀树草原的典型地貌之一，占地辽阔，表面平坦，末端是悬崖。

就厉害在它从来都不急。它会伏在地上，要么找个很深的洞，要么找片高高的草丛，要么找棵大树整个儿躲在后头，然后就这么在地上出溜，偷偷摸摸地，往前进一点，又往后退一点，动作放得很轻，啵——噗，啵——噗，一直挪到它想逮的那只猎物跟前。它到了位，就会一直盯着看啊看，看多久都不嫌累，对咯，它这是准备要跳了。嗯哼，嗯哼……然后它就那么一扑，有时候要扑两回。要是没扑着，它就得饿肚子，指不定比这还糟呢，它会觉得丢脸丢大发了，不想活了……您只看它准备跳出去时的样子：那双眼睛恶狠狠地用力盯着，盯得人害怕，对谁都毫不留情……它会从头到脚抖上一抖，把腿的位置摆好，甩甩鞭子似的尾巴，然后猛地一大跳！——真是漂亮……

哎，等它扑到那可怜的鹿身上，就是准备要下杀手的时候了，它的每一块肌肉都鼓成了团，抖个不停，就连身上的斑点也看起来更亮了，腿也在帮着使劲，对，它的大腿变作平时两倍粗，像青蛙腿一样蹬着，尾巴紧紧蜷着，全身各处绷得像快要爆开似的，脖子也伸得老长……嘿！它一边杀，一边吃，就这样……鹿肉被嚼得嘎吱嘎吱响。豹子大声地吼，像吹号角一样，尾巴竖得直直的，然后亮出爪子，哎哟，那爪子不知有多厉害，最后再吼一声，就结束了。吃饱喝足，算是一顿大餐。如果是兔子那样的小动物，它会连关节都吃掉，什么东西它都会吞下去，咕噜咕噜地咽，骨头也剩不下多少。至于肠子内脏啥的，它可不爱吃……

美洲豹可真好看！您见过吗？但凡高草丛里无缘无故地有了些动静，草叶子轻轻抖起来：那就是了，对，里面很可能就躲着一头……那您见过——它吃饱了肚子走过来的样子吗？嗯哼！它会低着头慢慢地走：背挺得直直的，脊柱高耸，一边的肩头隆起来，然后是另一边，每一步走出去，都会有一边圆圆的屁股翘起来……母豹子里最好看的就数玛利亚－玛利亚……欸，您想听它的故事吗？不，这个我就不讲给您听了。我才不讲呢，门儿都没有……您想听的也忒多了！

他们把我一个人丢在这儿，就我一个。他们留我在这儿，专做这杀豹子的活计。他们不该这样。若昂·格德老爷真不该这样。他们难道不知道我和它们是亲戚吗？哦嗬！哦嗬！我做的孽，我自己受，我这就是遭报应了，因为我杀了那么多美洲豹，我为什么要干这种事?! 我可是会骂人的，真的。我骂得可脏了！喊，哼，哼！……我吃饱了就不爱见人，也不去想任何人：那样我会生气的。因为那就好像我只能跟他们的记忆说话一样。我才不想呢。我自己待着就很好，什么话也不用说。以前，刚开始的时候，我是喜欢人的。可现在，我只喜欢美洲豹。我喜欢它们嘴里呼出来的味道……玛利亚－玛利亚，那是只顶好看的母豹子，可漂亮了。

它还年轻着呢。欸，您看，快看——它刚吃完东西，咳了一下，动了动胡须，嗯，胡须硬硬的，白白的，垂下来轻轻挠我的脸，挠得可真舒服啊。它又走去喝水。没什么是比母豹子玛利亚－玛利亚趴在地上喝水更好看的了。我一叫，它就会马上过来。您想看吗？您在发抖，我知道。别害怕，它不会过来的，我叫它，它才过来呢。如果我不叫，它就不会来。它也怕我，就像您怕我一样……

嗯，这片荒草原就是我的地盘，嗯哪，就这儿——都是我的。我妈准会喜欢的……我想要所有人都害怕我。我没在说您，您是我朋友……我没别的朋友了。我有吗？嗯。嗯，嗯……嗯？以前这附近只住过三个荒原人，就在高地边边儿上。他们都是逃犯，跑这儿躲起来了。嗯？他们叫什么名字？您为啥想知道呢？他们是您亲戚吗？哈！那些荒原人，一个叫古格，长得有些胖；另一个叫安图尼亚斯——钱都在他身上！还有一个叫老里奥波罗，是个蛮不讲理的暴脾气，我可讨厌他了……

他们平时都干些啥？啊嗯……那三个逃犯会捕鱼、打猎、种木薯，还去卖皮子，买火药、铅弹、雷管之类的，都是好货……嗯，他们就待在高地那片草原上。那里的土什么都种不了。离这儿再远些的地方，在黑狗河旁边，还有很多逃犯——您可以自己去那边儿看看。那些人只能靠割曼加巴树的橡胶过活。真可怜哪！他们连多的衣服都没有……是啊，有的人只能光着身子走来走去。啧啧……我还好，衣服也有，布料也有，还有木碗呢。

嗯？那三个荒原人吗？他们才不会猎豹子呢，怕都怕死了。哪能像我这样，用长矛去猎豹子，他们做不来的。以前我老拿烟去和他们换盐，顺便聊聊天，再借点儿红糖砖给他们。他们死了，三个全死了，一个接一个——全都归了西。他们是生病死的，嗯，对。是真的。我说的都是真的，别逼我发火啊！

拿我的矛？不，我再也不杀美洲豹了。我不是早说过了吗？啊，但我知道怎么杀。我要是想杀，还是可以杀的！怎么杀？我就等着。等豹子过来。对——！它会慢慢地走过来，很轻很轻，就您那眼力，连它的影儿都看不见。嗯，它会吼，但不会扑过来。它只是低着身子爬，像猫一样贴着地。不，它不会扑过来的。对——它一走到我脚边，我就把长矛顶过去。啊嘿！我把刃口递过去，矛尖顶住它胸口，正正好的位置。不管拿什么东西去碰它，它都会躺到地上。它想把那东西拍开或者抓过来，甚至还想抱进怀里。有时候还会上腿。反正豹子会自己把矛尖拉过去。对，到时我就那么一戳……它立马就喘不上气了。血一下涌出来，红红的，也有基本变黑了的……天哪，可怜的豹子，真惨啊，整个矛刃都刺进去了……怪可怜见的……被一刀扎死？嗯……老天保佑……想想那块铁活生生地捅进咱们身体的感觉……哎哟我去！您害怕不？我倒是不怕。我感觉不到痛的……

哈，哈，您可别以为它会就这么慢吞吞地乖乖死掉，没那么简单。呵，是啊……它喘不上来，那纯粹是气得。它在长矛底下扭来扭去，使劲挣扎。美洲豹就是美洲豹——像条蛇似的……它滚得到处都是，像变成了好多只豹子，让您觉得有一大群在那儿。呵，连它那尾巴都能抽人。它盘起身子，蜷成一团，翻来滚去的，啊，整个儿对半叠，伸直，又缩起来……您没见过这场面，您都没机会看见，它早溜走了……您可不知道它有多大力气！它把嘴巴张得大大的，开始咯血，看着可怕极了，声音也越来越哑，越来越哑。它的动作快得不像话，立马就能把您给拽下去。哎呀，哎呀……有时候它会逃跑，逃到高草丛里就不见了，狡猾得很。就算只剩下一口气了，它还是能杀人，而且会一直杀下去……它杀得比什么都快。那回，有只狗一不留神，被豹子用爪子一把抓住后背，整张皮都被撕了下来……嘿哟！好极了，干得真漂亮。我就是美洲豹……我——美洲豹！

您觉得我像美洲豹不？不过有时候我看起来真比这更像些。只是您没见过。您有那玩意儿不——那叫啥来着，镜子，是这么叫的吗？我想瞧瞧我的脸……喊，哼，哼……我眼神可厉害了。对，您得学会怎么和豹子对视，得有胆量，面对面盯住它。嗯，这样它才会把您当回事儿。您要是看它的时候心里害怕，被它瞧了出来，那您就真的死定了。千万不能怕。豹子知道您是谁，知道您心里在想什么。我教您这些，您可得学会了。哼。它啥都能听见，再小的动静也都能听见。追踪吗，它不靠气味追踪的。它鼻子不好使，不像狗。它靠耳朵捕猎。牛睡着了呼气的声音，踩折一根小草的声音，豹子在半里格外就能听见……不，先生。美洲豹才不会埋伏在树上呢。只有美洲狮才会在一棵棵树上跳来跳去地抓猴子。美洲狮能跳到树顶上，美洲豹不会，它跳不上去：它跟猫似的，直接爬上去。您见过吗？嗯，对，我会躲去树上埋伏。对，我会。从树顶上偷看更方便。没人能看见我在上面看他……接近猎物的时候，要贴着地往前出溜，这招我从豹子那儿学得最好。要很慢很慢，慢到连自己都感觉不到在动……猎物的每一个动作，自己心里都得有数。您的手在怎么动，我知道；您是要往下看还是往上看，我知道；您跳一下拢共要多少时间，我也知道；我还知道您会先抬哪条腿……

您想到外面去吗？只管去呗。去瞧瞧月亮是咋升起来的，月亮这么大，这么亮堂，豹子肯定在捕猎。晚上要是乌漆嘛黑的，它们就不会出来了，它们只会在傍晚天快黑的时候，还有大清早天快亮的时候捕猎……白天它们都在睡觉，要么在高草丛里，要么在沼泽边上，有时候会在黑漆漆的林子深处，窝在树林岛[1]的野凤梨丛里头……不，先生，这种时候豹子几乎从来不叫。它们捕猎从来都是不出声的。您可能好几天都听不到它们叫一声……刚才那声音是红腿叫鹤发出来的……嗯——嗯。您进来吧，坐硬板床上。您要躺吊床上去？吊床是我的，但我让给您吧。我来给您烤些木薯吃。那成，我就再喝一小口。您要是随我喝，我可就全喝了，喝到一滴都不剩。嗯，呜，啊……

我从哪儿学的这些？我是在离这儿很远的地方学的，那里还有些胆子大的男人，比我也差不了多少。他们教会了我怎么用长矛。有瓦伦廷·马利亚和古格·马利亚——他们是两兄弟。他们使的长矛就和这根一样，一米半的杆子，头上孔打得准，安得也结实。还有老伊纳西奥，若昂·伊纳西奥，他是个黑人，但是个很了不起的黑人，正宗土著纯爷们儿。老伊纳西奥是使矛的高手，他什么家伙都不用带，只拿一根长矛，一根很旧的长矛，就敢去和豹子耍。他兄弟雷·伊纳西奥，用的是杆火铳……

啊哈？嗯嗯。那是因为豹子相互之间又不说话，不知道我是来杀它们的。它们根本没对我起疑心，嗅到我的气味，就知道我是它们的亲戚……对，美洲豹是我

---

[1] 巴西的典型植物群落，由一片被草地包围的树林构成，形如岛屿。

舅，它们都是。它们看到我也不会跑，所以我才能杀了它们……只有到后来，到了死前的那一刻，它们才能明白过来，气都气死了……对，我跟您保证：我再也没杀过美洲豹了！我不杀了。我不能杀，我一开始就不该杀。所以我才遭报应了呗：运气越来越差，干啥都倒霉[1]……我不愿意去想我杀过美洲豹。它们可是我家亲戚啊，我咋能干出这种事？唉，唉，唉，我的血亲哪……我得哭出来，要不然它们会生气的。

是啊，先生，我也被豹子抓到过几回。它们咬掉了我一块肉，您瞧。不是在这片荒草原上。是在那边那条河，另一个地方。跟我一块儿的伙伴没瞄准，他们吓坏了。是啊，一头浑身都是大斑点的美洲豹冲到我们中间，和我们所有人滚成一团。它简直是疯了。它破开一个人的胸口，把肺扯了出来，里面的心脏都看得见，还在那一大摊血里面不停地跳呢。它又把另一个人的脸皮给扒了下来——那人叫安东尼奥·丰塞卡。它在我额头这里划了个十字，撕开了我的大腿，爪子深深插进去，肉都绞烂了，留下一个血糊糊的伤口。它的爪子毒着呢，尖倒不算尖，所以才会把人伤得很重，痛得不得了。它的牙也是。啪！呀，呀，对，豹子一巴掌就能把猎人手里的长矛拍飞……他们拢共戳了它三四十下！

---

[1] 作者标注问号，有待修改。——原编者注

哼，您当时要是在那儿，估计早就死了……它杀了差不多有五个人，把一个长矛手一条胳膊上的肉全撸了下来，只剩下骨头，上面还有粗粗的神经和拉长的血管……我就躲在一棵棕榈树后面，手里拿着刀。美洲豹见了我，便扑过来用前腿抱住我，我被它压在身下，滚到了一起。呃，它的皮很难抓，滑得跟肥皂一样，还像秋葵那样黏糊糊的，蛇似的扭来扭去，对，真像条大蟒蛇……它倒是想把我撕个粉碎，可它那会儿已经累坏了，还流了许多血。我摁住了那畜生的嘴，这样它就咬不到我了。我胸口被它挠了一下，结果这边的奶头就没了，再也没长出来。它是拿三只爪子一起抓我的！抓伤了我的胳膊，还有我的背，一直到死都还紧紧抱着我，因为它之前被长矛戳中了那么多下，血全流光了……好家伙，那是哗哗地流啊！它的口水沾得我满脑袋都是，后来我头发上一直都有那种臭味，臭了好多好多天……

嗯，嗯。是的，先生。它们知道我是它们的同类。第一头我看见却没有杀掉的豹子，就是玛利亚-玛利亚。当时我在林子里睡觉，就在这附近，旁边有我生的一小堆火。一大清早，我还睡着呢，它就来了。它在我身上嗅来嗅去的，把我给弄醒了。我看见了它那双好看的眼睛，金黄金黄的，里面的黑色小点轻轻晃悠，闪着不知从哪里来的光……我啥也做不了啊，于是只能装死。它一个劲儿地闻我，闻着闻着，还举起一只爪子，我以为它想对准我的脖子来一下。穴鸮在叫，青蛙在叫，林子里也有动物在叫，我就静静听着，好像过了一辈子那么久……一下都没动过。我躺的那地方很软和，长了许多迷迭香。火已经熄了，但灰烬还冒着热气。它凑过来蹭了蹭我，然后盯着我看。它的眼睛往中间对了起来，亮晶晶的——闪着一小点、一小点的光，那眼神野得很，又尖又利，狠狠地戳过来，像在馋我身子，却没再得寸进尺。过了好久，它也什么都没做。后来，它把大爪子放到了我胸口上，动作很轻很轻。当时我心想——这下死定了：因为它能感觉到我的心脏还在那儿跳。但它只是用一只前爪轻轻地按着我胸口，又用另一只毛茸茸的前爪碰了碰，像是想要把我叫醒。嗯，对，我一下就懂了……这才是真正的美洲豹呢——它喜欢我，我懂……我睁开了眼睛，和它面对面。我小声对它说："欸，玛利亚-玛利亚……你得冷静些，玛利亚-玛利亚……"嘿，它听了挺高兴，吼了一声，又开始蹭我，喵喵地叫了起来。嗯，它在和我说话，用的是美洲豹的语言，喵呜，嗷呜……它的尾巴早就竖着了，晃来晃去的，毕竟豹子的尾巴几乎从来不会消停。嗯，嗯哼。然后它就走开了，走去远些的地方，蹲下来盯着我。我没动，还是像之前那样躺着，一边继续跟它说话，一边脸对脸看着它、哄着它，劝它要乖乖的。我一停下来，它就又开始哼哼——喵呜，嗷呜……它的肚子圆鼓鼓的，舔完爪子又去舔脖子。它额头上也有小斑点，鼻孔周围渗着小滴小滴的水珠……这时，它挨着我趴了下来，尾巴拍着我的脸，还挺舒服……就这么在我身边睡着了。它睡着的时候，眼睛会拉成一条缝。它睡啊睡啊，脸枕在前爪上，鼻头埋在一只爪子里……我看见它的奶水都快干了，它那些乳头全都小小的。它的小崽子都死了，也不知道是咋死的。但是现在，它再也不会下小崽儿了，不会了，啊啦！——再也不会啦……

嗯？后来吗？后来它就睡着了呗。它把脸转到一边打起鼾来，露出一排吓人的牙齿，两只耳朵向后贴。因为有一头美洲狮正朝这儿走过来，身上的毛颜色很浅，乱糟糟的，冷不丁撞见了我们。美洲狮是最坏的家伙，恶毒得很，最喜欢血的味道。我看见了它那双绿眼睛，简直大得可怕，也在发光，圆突突的，像快要掉下来似的。哼哼，玛利亚－玛利亚呼噜了一声，美洲狮就走了，啊，就走了。

哎哟那可不！我的乖乖肉噶，心肝儿宝贝！——这世上就数它最好了。玛利亚－玛利亚突然坐起身，耳朵竖到了前面。嗯，它慢悠悠地走了，去做它平日里该做的事情。它那步子您看了可能觉得笨重，但只要它想，随时都能轻快起来，只是现在没必要罢了。它走路一摇一摆，特别好看，还弹啊弹的，身上毛蓬蓬，爪子软软的……它在一棵盾柱木旁用后脚站起来，把爪子钉进树干，从上往下划拉，不停地抓挠那棵大盾柱木，它这是在磨爪子呢？之后它又跑去祸害白花风铃木。反正都有抓痕留下，您去瞧瞧就知道它都是在哪儿磨爪子的了。

那会儿我本可以杀了它的，只要我想。但我并不想。我咋会想要杀掉玛利亚－玛利亚呢？而且，那段时间我很难过，真的很难过，就我一个，孤零零的，一想到自己杀过美洲豹，就更加觉得晦气，难过得不行，简直快要崩溃了。从那天起，我再也没杀过美洲豹，我只最后杀过一头美洲狮，是我主动追过去杀的。但美洲狮又不是我家亲戚，只有黑豹子和花豹子才是……我在太阳升起来的时候杀了那头美洲狮。那家伙刚吃掉一头小灰短角鹿。我主要是因为气不过才干掉它的，因为我睡觉的那地方正好是它老来拉屎的地方，我在高草丛里都看见了，全是它的屎，脏死了。对，它们是会用土埋起来，但是公的总是埋得不那么仔细，公的都这样，又懒又脏……

啊哈，玛利亚－玛利亚可好看了，您真应该见一见它！它比女人还好看呢，闻起来就像雨里大蒜木的花儿。它的个头没那么大，是只小脑袋的花美洲豹，除了那些花斑，全身都是黄色，很淡很淡。到了旱季，它身上的颜色会变得更淡。它的皮毛很亮，软乎乎的。还有那些花斑，没一个是黢黑的，没有，都是深红色，红里带点儿紫。没见过吧？它好看的地方还多着呢。您有没有比较过花豹子身上的斑点和圆圈？您一数就能明白，差别可大了，根本找不到两头花斑长得一模一样的……玛利亚－玛利亚身上有许多小小的斑点。它的小嘴白白的，好看得很，也长满了斑点，对，就是那样子。它每一边嘴角都有一个小点，还有的长在它小耳朵后面……它耳朵里头雪白雪白的，像填了棉花。肚子也是。肚子，脖子下面，还有两条腿中间。我可以给它那些地方挠痒痒，挠多久都行，它可喜欢了……它会舔我的手，舔得很温柔，就像母豹子给自己的小崽儿身上舔干净那样，要不然哪有人能受得了它的舌头，糙得跟剃刀似的，比那砂纸树的叶子还可怕。可是，它老用舌头这么舔啊舔的，咋就没刮伤它的崽儿呢？

哈？它有没有伴儿，玛利亚－玛利亚吗?! 它才没有呢。嘘！呸！去去去！要是有公豹子跑来，来一个我杀一个，管它是不是我家亲戚！

啊好吧，但您现在是该睡了。我也是。哦哟，真的很晚啦。七姊妹星都升得那么高了，看它那些小星星……我不睡，我差不多该出去逛逛了，每天我都起得很早，天没亮就起了。您睡吧。您为啥还不躺下？——合着您不睡觉，净在这儿问东问西的，等我回答完了，您又问个别的？干吗呢这是？那要这样的话，欸，我可把您的甘蔗酒都喝光咯？嗯，嗯哼，我醉不了。只有喝了很多很多血，我才会醉……您放心睡吧，有我呢，我

141

眼睛哪儿都盯着。我看您也困了。欸，我要是真想让您睡着，就会在地上画两个圈儿——当作您的眼睛——然后我踩上去，您就立马睡着了……嘿，不过您也算是有胆量的了，敢跟真男人面对面。您的眼神很厉害，说不定还能去猎豹子呢……别怕呀，您可是我朋友。

嗯？不，先生，这个我不懂。我只懂豹子的事儿。牛我不懂。牛就是用来吃的。什么母牛、公牛、野牛的，我爹都懂。我爹可不是土著野人，我爹是白人，和您一样白，我爹叫希科·佩德罗，是个牧牛的牛仔，脾气暴得很。他死在了戈亚斯州的通托－通戈，就野瀑布牧场那里。他是被人害死的。其他我就不知道了。全天下的爹都这德行。蠢驴一个。

先生您说？嗯，嗯，是的先生。它是会跑来这附近，就在草屋周围转来转去。这里到处是豹子，但它们一年到头基本都是自己过。没有一公一母总住一块儿的，最多一个月，就这么点时间。只有豹猫和大林猫才会结伴过活。噫，可多了，多得不得了。嗯哪，对咯，我现在再也不杀美洲豹了，这里是美洲豹的地盘，当然多了去了……我认识，它们每一只我都认识。应该不会再有其他豹子跑来了——住在这儿的肯定不同意，要不然猎物都要被吃光了。现在我是一只都不会再杀的，它们都有名字了。是我给起的吗？哎呀！才不是我起的，那本来就是它们的名字，我知道是。嘿哟……欸不是，您为啥想知道？您问这干吗？您想买美洲豹吗？您想逮一只去炫耀吗？可怜见的……嗨哟……我懂，您想知道这个，只是想看看自己会不会更怕它们，对不？

啊，好吧。您瞧：往那边有一个洞，离这儿特别近，里面住着一只母豹子，叫莫波卡。它生崽生得迟，这不，刚生了一窝。莫波卡是个好妈妈，它总是用嘴叼着小崽子到处跑。后来它找了个好地方，就一直在那边安安静静地待着，哪儿都不去了，吃也吃不好。它基本不出来，出来也只是喝点水。它生了以后，就变得很瘦很瘦，还老是口渴，好像渴了一辈子似的。它的小崽儿有两只，那两只小豹子长得跟小狗似的，又像毛毛虫一样，圆圆胖胖的，爬都不会爬呢。莫波卡的奶水多得很，小崽儿一天到晚都在吃奶……

啊，啥？哦，别的母豹子吗？您再瞧，从这儿往前走，一直走，差不多五里格的地方，您会碰到最坏的那一头，叫霸王，它是这儿的老大，总和别的母豹子干架。再往另一边走，到了沼泽地旁边，那儿住着大锤，它身上全是大斑点，块头也大，您就光看它那大脚掌，扁扁的，还有那爪子……再往前是塔塔西卡，是头黑美洲豹，黢黑黢黑的，它长着四条大长腿，是个暴脾气，抓鱼很厉害……啊，还有没有黑豹子？有，它叫维纽阿，住在崖上一个顶好的山洞里，上头爬着个老大的榕树根……还有拉帕-拉帕，那只老豹子也是大斑点，狡猾得很，它不在这儿捕猎，只去二十里格外的地方到处跑。拉帕－拉帕现在住在一个石洞里面——美洲豹是真喜欢洞子，喜欢得很……姆普还有尼扬－昂被其他豹子追着打，被赶到老远的地方去了，因为吃的不够了……是呀，就因为这个，它们老得挪窝……我也不知道它们后来咋样了，反正是不在这里了。花美洲豹里最凶的要数蒂皮塔巴——它是只长了眉毛的花豹子，您去那儿看，它在崖顶上，就躺在边边儿上，半条腿悬在外头，真的……以前还有另外几只，现在都不在了：红太阳，它身上是红棕色的，最后被骨头给卡死了，倒霉催的……还有扫把星，它又老又瘦，肋骨都凸出来了，总是饿肚子，苦哈哈地在林子里转悠……嗯？哼，哼，我才不会说玛利亚－玛利亚住哪儿呢。我哪知道您是不是想杀它！谁知道呢……

啊哈。您问公豹子？多着呢，哎哟，多得不得了。您是没瞧见吃人怪，那家伙壮得，身上全是大花斑，块头大得吓人……上面两根獠牙像屠夫使的尖刀似的，又脏又黄，对，就是老烟鬼那种牙！还有普舒埃拉，它也老了，后排那些大牙，用来咬大块肉的，已经磨得不成样子了。苏乌－苏乌是头黑美洲豹，黑得过了头，吼起来真他娘的吓人，您听见了，准会吓得抖啊抖啊抖……它喜欢莫波卡。阿皮蓬加不是黑豹子，它是公花斑里头最好看的，您再也找不到像它那样的了，尤其是那大鼻子。而且它捕猎的本事比谁都好，老是吃得肚皮滚圆。还有一头公花斑，叫醉汉子，脑袋坏掉了，有些疯疯癫癫的，它只有白天出来，到处晃荡，我觉得它像是个歪嘴巴……一个叫维陶埃拉的，还有一个叫瓦陶埃拉的，它们是两兄弟，对，但这事儿只有我知道，它们自己都不知道……

好啦，也说得够多了。我不说了。不然一会儿天就亮了，您还没睡过觉呢，等您朋友带着马过来，您又病又累的，也没办法上路。您这会儿快睡吧。您睡不？要不要我出去，您一个人好睡觉？我这就走。您不想我走？那行吧，我不同您讲话了。我把嘴闭上，啊，闭上。这草屋是我的。嗯。嗯哼。您为啥老是问东问西的不睡觉呢？我哪知道。美洲狮没名字。美洲狮又不是我亲戚，都是些胆小鬼。只有黑背的才凶呢。美洲狮会和小崽子们一块儿笑。嗯，它身上是红棕色的，但它的小崽子有花斑……嗯，我不同您说话了，不说了，我也不去扇那火了。就这样吧！您要睡了不，还是咋地？嗯。对。嗯嗯。不，先生。嗯……嗯嗯……嗯……

嗯？您朋友还要带一大瓶过来？您会给我不？嗯哼……啊啊……哎哟！您还想听啊？那我讲吧。您人真好，够朋友。它们什么时候结婚？噫，那能叫结婚吗？胡扯……等快冷完的时候过来，风铃木开了花，您就能看到了。到时候它们都会发情，喵呜喵呜地躁动起来，一嚎就是一整天，也不咋出去捕猎了，瘦得跟什么似的，跑到林子里面去，疯疯癫癫地，到处撒尿，臭得不得了。发情的母豹子叫得更大声，叫声还都不一样，傻乎乎的。它们会把背上的毛竖起来，然后去蹭树，再躺到地上，肚皮朝天，哎哟喂！嗷呜……嗷嗷呜……光在那儿叫个不停。您遇见的话就赶紧逃吧，不然您立马就被吃掉了，真的。

公的会追着母的跑，一里格又一里格地追。一齐追的会有两只，还是三只？嘿，您不会想看它们打架的……打得那毛都飞出去老远。哎，之后剩下的那只就能和母的单独待在一块儿了。这时候才开始呢。它们会大声喷鼻子，然后嚎啊嚎啊，叫唤一整晚，滚来滚去地打架，把地上弄得一塌糊涂，高草折了，灌木丛塌了，树枝也断了，一丛一丛的草芽都被薅了出来。公的简直疯屎了，弓起身子，咧开嘴巴，噫，把獠牙全露了出来。嘿，那尾巴变得梆硬，使劲地甩着。您要赶紧跑，快逃。听见了没？我——我会跟着它们的脚印走。每个脚印都大得很，却没有爪痕……我要走了。总有一天，我走了就不回来了。

呃，不，公的和母的不在一起捕猎。它们各顾各的。但它们整天做伴儿，一起躺着，一起睡觉，脑袋挨着脑袋，一个朝这边睡，一个朝那边睡……对了，我要把玛利亚-玛利亚带到这儿来，我可不会让哪只公豹子和它在一起。我要是叫它，它一准儿来。您想见它不？您不会用您那把左轮手枪射它吧？嘿，谁知道您的枪还灵不灵哪，啊？让我瞧瞧。要是不灵了，我来给您弄好……哦，您不用啊？您不让我碰您的枪？您都闭了三回眼睛了，还张了嘴，打了呵欠。我要是再讲下去，您会不会睡着啊？

对，它们下崽儿的时候，我就能找到它们的窝。它们藏得很深，一般藏在山洞里，要是藏在林子里就更不好找了，那里头密密匝匝的。豹子当了妈，就跟凶鬼似的。当初我猎美洲豹那会儿，会等上六个月，免得让小豹子饿死。然后才会把豹妈妈杀了，让小崽儿自己长大。啥？不。难过倒没有，我只是不想白白丢了那份赏钱，还有卖皮子的钱……嗯，我能学小崽儿叫唤，母豹子听到就会急忙跑来。有一回，我遇到一头带着崽儿的黑美洲豹，很大，很好看，也很可怕。我喵喵地叫着，喵呜，嗷呜……它发疯似的跑过来，恼火地低声吼着，却不知道要往哪里去。我在草屋里头喵喵叫，豹妈妈跑到了门口，叫我回窝里去。它向我张开了爪子……不，我没想杀它，怕会害死它的小崽子，那就太可惜了。我不叫了，朝空中开了一枪。黑豹子一转身就跑掉了，很快挪了窝，带着它的崽儿搬到了半里格开外，在沼泽地旁的林子里找了另一个窝。它的崽子们却不是黑豹子，而是带花斑的……它咬着小崽子的后颈皮，带它们一个个地跳过山崖，跳过灌木丛……哎，傻不拉几的！但是您不可以说它傻，嗯。我可以说。

对，先生。我快把您的酒都喝光啦。嗯，火是烧得挺旺，酒也暖身子。我很高兴，很高兴……啥？不知道，我喜欢光着身子，只穿条旧裤子，腰上再系根带子。我这人皮硬着呢。嗯哼，但我也留了些衣服，都是好衣服，有衬衫，还有一顶漂亮帽子。总有一天我会穿上的，我想去过节，特别想。不过我不想穿靴子，不喜欢！难受死了，嘁，脚上什么都不穿才好呢！哎呀。这里都不过节。嗯？弥撒，我不去，打死都不去！上天堂我是要的。神父，不要，传教士，不要，我不喜欢他们，不想和他们说话。我喜欢圣人，我脖子上有个小挂坠。您有吗？圣本笃可以帮咱把蛇赶跑……但蛇毒对我没用——我有鹿角，一戴上就会好。什么鬼魂、亡灵、幽灵之类，在荒草原这儿都是没有的，我从没见过。魔鬼倒是有，但我也没见过。嗯哼……

啥啥？我吗？不是您在问吗。但我知道您为什么这么问。嗯。啊哈，因为我头发是这个样子，眼睛也小小的……嗯。我爹不长这样。他是白人，不是土著。啊对，我妈是，她人很好的。卡拉奥人[1]，不是。我妈是

---

[1] 巴西戈亚斯州北部印第安部族。

148

佩瓦人，塔库纳佩瓦族[1]的，离这儿远着呢。卡拉奥人不行，他们胆子太小，基本上都害怕美洲豹。我妈叫玛利亚拉·玛利亚，是个野人。后来我就住去卡拉奥人那边了，我跟他们一块儿过。我妈很好，很漂亮，给我东西吃，给我好多好多东西吃，把最好的都给我吃……我去过很多地方，到处跑。卡拉奥人使短矛，只有卡拉奥人知道咋用短矛杀豹子。啊？若阿金·佩雷拉·沙普多，还有个名字叫金·克雷涅，那家伙倒是什么都不怕。我朋友来着！一张弓，一支箭，射得可远了。嗯？哦，我也有好几个名字。我妈给我取的名字叫巴库里基雷帕。布雷奥，贝罗，也叫过。我爹把我带去传教士那里，让他给我洗了礼，取了个名字叫托尼科，好听吧？安东尼奥·德耶稣……后来他们管我叫马昆科佐，是块地的名字，别人家的地，嗯——那地方就叫马昆科佐……现在我没名字了，我也不需要名字。若昂·格德老爷以前叫我猎豹子的东尼奥。若昂·格德老爷把我带到这儿来，就留我孤零零一个。他真不该这样的！现在我再也没名字啦……

　　不不，那不是豹子在叫。那是貘，在教小崽子游水呢。这一带貘很多的。貘肉很好吃。天热的时候，貘整天泡在水里想事情，倒也什么都知道。嗯？呃，不，美

---

[1] 巴西托坎廷斯州印第安部族。

洲豹要吃貘的，都吃。貘还不了手，只能逃跑。要是豹子扑到它身上，它背着豹子根本跑不动，肯定是逃不了的，也没法逃。而且豹子一扑到貘的背上，就会立马咬死它，一下子就咬死了，然后会给貘放血。看今晚这么亮堂，正是它们出去捕猎的好时候！

不是的，先生。那是其他动物在叫，夜鹰、月母[1]、大林鸮什么的。刚才大叫的那个是一只饿肚子的水獭。它在叫："噫哈！"水獭正在沿着水廊往上游。嗯，它不管从哪儿上岸，身上的毛都是干的……水豚吗？您老远就能听到它们吃草的声音，半个身子在水里，半个身子在外面……如果是头豹子在吼，我就能说出来是哪一只。呃，不用的，没必要。它要是吼起来，或者叫起来，您立马就能知道……它的叫声闷闷的，是从喉咙最里面发出来的声音，嗯，它喉咙可大了……欻欻欻……嘿！您怕吗？不怕？您总会怕的。整个森林都怕它。美洲豹就是个煞星。明天您就能看到了，我带您去看它留下的脚印……等哪天新月的时候，您再来这儿，来瞧瞧我的脚印，就跟美洲豹的脚印一模一样，对咯，我就是美洲豹！哼，您不信？

哎哟疯咯……哎哟疯咯……我——美洲豹！嗯？我不是魔鬼。您才是魔鬼呢，瞧您那歪嘴。您真坏，坏透

---

[1] 指林鸱。

了。魔鬼？我哪能是魔鬼啊……我住着没墙的草屋……我还会游泳，老是游老是游。我还得过天花。若阿金·卡拉奥有一顶老鹰羽毛的帽子，上面也有金刚鹦鹉和朱鹭的羽毛。他膝盖上、腿上和腰上还缠着鹬鹬羽毛做的带子。可我就是美洲豹。美洲豹是我舅，我妈的兄弟……它们都是我家亲戚！我亲戚！……嘿，您把手给我……手给我嘛，让我抓着……就一小会儿……

哎，您还抓着枪哪？哼哼。用不着老抓着不放的……您是怕豹子跑来咱这草屋吗？啊哈，维纽阿刚从水廊穿过来了，我知道的，它要来捉斑点刺豚鼠吃，正在高高的草丛里往前出溜呢。它肚子贴着地，趴着往前走，耳朵往前竖起来——就这样轻轻地扑棱，咔咔咔……维纽阿可黑了，有魔鬼那么黑，在月亮下面都能反光。它把身子摊开在地上，草尖会戳进它的鼻子，它不喜欢，会打喷嚏。它吃鱼，吃水鸟、虎鹭，还有水鸡。您听，沙锥"呜欤呜欤"地飞走了，飞得歪七扭八的……逃跑的小鸟吓坏了，一点声音都不敢出。维纽阿压根儿就没把它放在眼里。可是刺豚鼠受惊了，跳了下去。您听到喔噜噜的水声了不？维纽阿估计得气死了。它这会儿肯定湿漉漉的，浑身沾满了露水和河岸上的白泥巴。啊它来了……它已经知道您在这儿了，还有您那马。它来了……它才是老大。来了……快了快了！哎哟，您的马怕得直叫唤呢。嘿，啥也不用，维纽阿在半路停住了。它来了吗？没，它没来，是只青蛙弄出来的动静……您别怕，它要是来了，我就轰它，吓它，把它撵走。我就猫着，一动也不动，它瞧不见我的。让那马叫去吧，它肯定在哆嗦，耳朵都竖起来了。辔头结实不？拴紧了吧？那它逃不掉的。再说了，您那马反正也是不中用了。等等……您倒是把枪口冲别处啊，噫！

它不会来了。维纽阿今天没那个胆儿。得了，随它去吧，饿不死它的——在附近随便逮只刺豚鼠、小老鼠啥的凑合呗。这家伙连豪猪都下得去嘴……明儿一早，您就能看到它的脚印了。豹子走过的地方总有股臊味儿，咱要是去得早，肯定能找着。明儿一早咱先去洗洗身子。您去不去？嗯？要说臊味儿最冲的，还得是它们下崽带娃的老窝，那才叫一个臭呢。我倒挺喜欢……好了，您现在可以踏实了，把枪揣回兜里吧。维纽阿不会来了。它原本就不在河这边混。要是它从水廊穿过来，那只会是因为霸王越去了它那边的地盘，把维纽阿惹毛了，它才会挪地方……干啥都得去该去的地方，就比如喝水吧——蒂皮塔巴会去歪脖子棕榈树底下的那口小水坑；吃人怪和苏乌-苏乌去一处喝水，就在小水廊河的河口上……水廊最宽的地方，当中有块死石头，吃人怪游过去，往那死石头上面一站，活像站在水面上似的，可吓人了。它抖抖这条腿，再甩甩那条腿，直到把浑身上下都甩干。它到处都要瞧一遍，连月亮也要……

吃人怪就喜欢住岛上，住树林岛上，啊哈。嗯？豹子不吃人？呵！有一回豹子把爪子掏进墙上一个窟窿，从吊床上拽走个小孩儿，把他的小肚子都破开了……

嘻，不是在这儿，是在新高地上的庄稼地那边，嗯。那是头老豹子，出了名的母夜叉，那块头不是一般的大，当地人都管它叫大脚板。小孩儿他爹是个庄稼汉，抄起猎枪就去追那豹子，一直追，一直追。大脚板咬死了小孩儿，还咬死了一头骡子。敢跑到屋子旁边的豹子哪里会怕被撵呢，这家伙是个老油条，又是豹大王，肯定是会吃人的，和人里头的坏蛋也差不多可怕了。那庄稼汉顺着脚印，一路追啊追啊追。美洲豹很能跑的，一宿能跑老远。可是大脚板一直在吃吃吃，灌饱了骡子血又喝了水，留下一串脚印，在林子里的空地找了个洞，就四仰八叉地睡着了。我早看见那脚印了，但是没吭声，没跟任何人讲。那庄稼汉不都说了豹子归他收拾吗？他牵来了几条狗，狗闻着味儿，终于找上了豹子，把它逼到了死路。庄稼汉赶过来，一边气得大骂，一边开枪要打，结果枪哑了火。大脚板把庄稼汉撕得稀烂，脑袋瓜也给拍碎了，头发都嵌进了脑浆里。当地人把庄稼汉和他小儿子一块儿埋了——剩下多少就埋了多少，我也去那儿看了看。他们还给了我吃的，给了甘蔗酒，都是好吃的。我也跟着抹了把眼泪。

嘻，后来他们说要给杀掉大脚板的人赏钱。我就动心了。他们商量着要去追它。哼哼……他们哪里追得到，光动动嘴皮子就能追到啦？它老早跑远了……这还追个屁？哼，追不上的。可我有招儿。我没去找它。我就往原地那么一躺，闻了闻它的气味。然后我就变成了美洲豹。真的，我真就变成了豹子，嗯哪。我就喵呜喵呜地叫……然后就啥都知道了。我拐去了水廊上头的小磨坊。结果还真是那儿。那天一大早，大脚板就已经来过了，吃掉了一头母猪，母猪的主人是个叫里马·托鲁夸托的，是萨奥的一个农场主。农场主也说要给赏钱加码，请我去杀大脚板。我答应了。我跟他另要了头母猪，只是借来用用，就绑在一棵白脂树下面。大脚板压根儿不知道我在，天一黑，肯定会来叼那母猪。可是它没来。直到第二天早上蒙蒙亮的时候，它才来。它一边吼，一边张着嘴巴凑到我跟前，我直接把枪管捅进它嗓子眼儿里开了火，大喊一声："老舅啊，尝尝这个！……"就这么着，所有人的赏钱全归了我，我还在那儿大吃大喝了好些日子。他们还借了我一匹带马鞍的马。然后若昂·格德老爷就把我派到这儿来了，叫我杀光美洲豹。狗东西！人渣！不过我还是来了。

我不该来的？啊哈，我知道，我一开始就不该来。美洲豹是我的同族，我的亲人。可它们不知道这个。是啊，我狡猾得很呢。而且我什么都不怕。它们哪知道有我这个坏亲戚，居然会出卖它们。我只怕有一天会碰到一头巨大的美洲豹，从那没人去过的野林子里倒退着走出来……会有这样一头豹子吗，会吗？哼哼。反正从来没有过，我也不再怕了。不会有的。倒是以前有头叫瘸爪的豹子，也像大脚板那样，把爪子伸进了人家屋里。屋子里的人吓得要命。结果它的爪子被卡住了，那些人本来可以出去，从外头杀掉它。可是他们怂得很，只用镰刀去砍它的爪子。豹子嚎了起来，他们一个劲儿地往它腕子上剁。那是头黑美洲豹。我不认识。他们剁掉了那只爪子，它这才跑掉了。后来它就开始吓唬人，开始吃人、吃牲口，一瘸一拐地到处走，留下那三条腿的脚印。没人找得到它，所以也杀不掉它。他们开了个大价钱，没用。我又不认识它。我只知道它叫瘸爪。后来它就从这世上消失了。估计早做了鬼。

嘿，您听见了不？刚才那声就是豹子。您听。是在老远的地方叫。那是公豹子阿皮蓬加，它刚逮到一头大家伙，是野猪，正填肚子呢。它是在树林岛边儿上逮到的，在沟沟里下的杀手。我明儿个就去。嗯。您不认识阿皮蓬加，它吼起来最凶，嗓门儿最大。嗯——它跳了一下。每晚它都要捕猎。它杀一个就是一个，杀得漂亮！它吃完了就走，过会儿又回来。白天它就晒太阳，睡大觉，睡得四仰八叉。蚊子要是来招惹它，呵，它立马发飙。您可以自己去瞧瞧……阿皮蓬加白天睡在树林打头的地方，那儿林子密得很，有一大片石头。就是在那儿，他吃过一个人……噫，啧啧！有一回啊，他吃了一个人……

啥？您想知道玛利亚－玛利亚白天在哪儿睡？您打听来想干吗，啊？想干吗？它的窝在迷迭香丛里，就在小树林中的空地上，离这儿很近，没了！知道了又能咋地？您还是不知道在哪儿，嘿嘿嘿……您要是撞上了玛利亚－玛利亚，别看它是长得最俊的豹子——保管能把您给吓死。喂，睁眼好好瞧瞧——它来了，它过来了，半张着嘴巴，舌头在嘴里卷啊卷的……这是在轻轻喘气呢，天儿热的时候，它的舌头就会这么一伸一缩的，但是从不吐出来。它温温柔柔地跺跺脚，再伸个大大的懒腰，才合上眼睛。哎，它把前腿往前一抻，脚爪开花——爪子全伸了出来，每一根爪子都比您的小指头还粗。完了它就看着我，看着我……它喜欢我呢。要是我把您送去给它吃，它肯定会吃的……

您瞧瞧这外头。月亮圆着呢。我啥也没说。月亮才不是我兄弟。我瞎说来着。您不喝酒，就我自个儿喝，怪不好意思的，我都要把您的酒喝光了。月亮是卡拉奥人的兄弟吗？卡拉奥人净会说瞎话。啊？有个叫库里乌昂的卡拉奥人，他想讨个白人老婆，就带了好多东西去给她，有好看的草席、整串的香蕉、驯好的黄嘴巴巨嘴鸟、蓝色芯子的白石头。可人家有老公啊。啊哈，后来是这样：白人娘们儿很喜欢库里乌昂带去的东西，可是不愿意嫁给他，说这是造孽。库里乌昂笑了起来，说他得了病，非得白人娘们儿跟他躺吊床上睡一觉才能好。她不用真嫁给他，只要睡一回就成。他在那附近支起吊床，就躺了下去，什么也不吃。那女人的老公来了，女人就跟他说了这事儿。白皮佬气得要命，把卡宾枪顶上了库里乌昂的胸口，库里乌昂哭爹喊娘的，白皮佬气炸了，一枪崩了库里乌昂……

嗯，嗯。嘿，我当时在那儿可从没杀过人。在索科－博伊也没有，一个人都没杀过。我从来不杀人，我妈跟我说过，不能杀人。我就怕那些当兵的。我可不能被关起来，我妈说我关不得，要是被关起来，准会没命的——因为我生在冷天里，就是七姊妹星高高挂在天上正中央的时候。您瞧，七姊妹星有四颗，再加两颗。好，那您能看到缺的那颗吗？看不到吧？那颗星星啊——就是我……我妈就是这么跟我说的。我妈是个野人，她对我很好，好得没话说，就像母豹子疼小豹子那样。您见过带崽儿的母豹子吗？没见过？当妈的一直舔啊舔啊，跟小崽子们讲话，给它们顺毛，把它们照顾得舒舒服服。豹妈妈能为它们豁出命去，谁也别想靠近……只有美洲狮是怂货，自己撒腿就跑，崽子说扔就扔，谁捡去都成……

对，我家亲戚是豹子，美洲豹，它们是我同族。我妈总这么说，我妈啥都知道，哎哟嘿……美洲豹是我舅，我老舅。啊哈。啥？可我杀过豹子？是，我是杀过。可我现在不杀啦，再也不杀！我在索科－博伊那会儿，有个叫佩德罗·潘波利诺的家伙想雇我干活儿，他要我去杀个人，说是那人欠他的。我没肯。我才不干呢。干了好让当兵的来抓我吗？有个蒂亚金愿意干，他去路边堵了那人，本该归我的钱就让他给赚走了……嗯，后来咋样了？我哪儿知道，记不得了。我压根儿没去掺和不是？我也啥都不想知道……蒂亚金和米夏诺杀过好多人。后来他还帮过一个老头儿。那老头儿气得发疯，赌咒说要喝一个小伙子的血，我亲耳听见的。蒂亚金和米夏诺把那小伙子捆住，老头儿拿大砍刀割开了他的喉咙，用盆子去接血……这事儿以后我就撂挑子走人了，最后在新高地落了脚……

那若昂·格德老爷，胖妞他爹，最不是个东西，就是他把我丢在这儿的。他说："把豹子全都杀光！"他把我一个人丢在这儿，就我一个，孤零零的，找不着人说话，也听不着人说话……我成天自个儿待着，鹦鹉叽里呱啦地飞来飞去，蛐蛐儿整宿整宿地叫，叫个没完。后来下雨了，雨下啊下，下啊下。我没爹又没妈。我只能杀豹子。真是不应该。豹子多好看哪，是我家亲戚来着。那个佩德罗·潘波利诺说我不中用。蒂亚金说我是软蛋、孬种。我杀过的豹子能堆成山。若昂·格德老爷把我带到这儿来，因为没人愿意让我搭伙……嫌我不中用。我只能一直自己待在这儿。我真是不中用，也干不来正经活儿，我不爱干。我只会杀豹子。唉，真不应该！没人待见我，他们都不喜欢我，都骂我。这时候，玛利亚－玛利亚来了，它来了。难道我还能杀了玛利亚－玛利亚不成？我哪里下得去手？我再也杀不了豹子了，豹子是我家亲戚，一想起我杀过豹子，心里就难过，就害怕……我杀过那么多豹子。真就再也杀不了了？唉，唉，人哪……

夜里我在床上翻过来翻过去，说不上为啥，只能这么翻来覆去的，就是睡不着。事儿开了头，就没个完，我也不清楚到底咋了。我突然想……我突然魔怔似的想变成豹子，我，我，我想变成大豹子，趁着天没亮，变成豹子跑出去……我在心里悄没声儿地嚎了起来……我长出了爪子……有个窝还空着，是我杀掉的一头美洲豹的窝。我去了那儿。它的气味还是很重。我往地上一躺……呵，冷，真冷啊。冷气从四面八方的林子里钻过来，从草屋的一角钻过来……我起了一身的鸡皮疙瘩，发起抖来。那冷法是独一份的，再没有那样冷过。我禁不住地抖，抖得都快散架了……这时，我突然浑身抽筋，打起了摆子。我终于上道了。

等缓过来的时候，我手脚都趴在地上，他妈的居然就这么走了起来。呵，真舒坦！我当时自个儿在那儿乐呵，就好像全世界都归了我，真好，这世界离了我转都转不了……我啥也不怕了！这时候我突然能知道大家心里都在想什么了。要是您在那儿，我也能知道您在想什么……

豹子在想什么，我也知道。您知道豹子在想什么不？您不知道？嘿，那您学着吧：豹子只有一个念头——那就是什么都好，什么都棒，又好又棒，就这么没完没了地想。它只想着这个，时时刻刻地想，长长久久地想，永远都只有这一个念头，走路想，吃饭想，睡觉想，干啥都想……突然遇见了坏事情，它才会气得直龇牙，吼上一通，也不是说它什么也没想，只是那当口它脑瓜子干脆歇菜了。等之后又一切太平，它才会重新开始想事情，想的还是和先前一样……

嘿，这下您学到了吧？啊哈。啥？嗯嗯，然后我就手脚并用地爬出去了。我突然觉得特别生气，想把全世界都杀光，用爪子、用牙齿全都撕碎……我吼了起来。对，我——狂吼了起来！第二天，我带过来的白马，就是他们给我的那匹，已经给撕烂了，啃得只剩半拉身子，死得透透的，我一醒来，浑身上下都是干掉的血……啊？倒不打紧，我又不喜欢马……瘸了腿的马，早就不中用了……

然后我就想去见见玛利亚－玛利亚。啥？女人啊，我不喜欢……我有时候喜欢……我像豹子一样走了起来，从荆棘当中穿过去，慢慢地，轻手轻脚地，不弄出响儿。但我也没被扎到，基本没有。要是脚上扎了刺，那可就坏事儿了，要病好几天，还没法捕猎，只能饿肚子……嗯，不过要是玛利亚－玛利亚这样了，我会给它带吃的去，啊，嗯哪……

哼，哼。那不是豹子的声音。是穴鸮在叫，有个小家伙蹿出来了，胆子挺大。啊，我是咋知道的?! 估计是头鹿，或者野猪、水豚啥的。怎么啦? 这儿啥都有——有树林岛，野林子，就挨着草原……还有青蛙和林子里的蛐蛐儿。还有小鸟，睡着觉也会叽叽喳喳的……嘿，要是我先睡下的话，您也会睡吗? 您可以把头枕在那包上，那包没人要，那包以前是黑哥们儿的。里头没啥好东西，只有些旧衣服，不值钱。以前还有张黑哥们儿老婆的照片，他是结了婚的。黑哥们儿死了以后，我把照片拿出来，翻了面儿不去瞧，然后拿到老远的地方，藏在了一个树洞里。走了好远好远。我可不喜欢身边有照片……

欸，有豹子吼了，您没听着。吼得不大声……您怕啦? 不怕? 确实，您一点儿都不怕，我看得出来。哼哼。嘿，等您挨近了，那才知道什么叫害怕呢! 豹子一吼，人都得打哆嗦……使长矛的人就不怕，从来不怕。啊，长矛手如今可难寻咯，拢共也没几个。长矛手——人家可从来不哭鼻子……旁人都怕他们。黑人最是怕得要命……

歘，豹子就喜欢吃黑人的肉。队伍里但凡有个黑人，豹子就会一路跟着，偷偷地跟，这儿躲躲，那儿藏藏，一路跟，一路跟，嘴巴张着，眼睛死盯着黑人。那黑人一边祈祷自己能活命，一边紧挨着咱，浑身抖个不停。不是住草屋里的这个，不是；住这里的黑哥们儿叫蒂奥多罗。刚刚那是另外一个黑哥们儿，叫比日博，我们当时正一块儿沿着乌鲁奎阿河走，然后是死河，然后是……有个白胡子老头，穿着双靴子，水蚺皮做的。靴子老头有一杆火铳。他，他几个儿子，还有卡宾枪醉鬼都要往对岸走，去漂亮山，从山这边翻去山那边，还要再走……比日博怂得很，这下他得一个人走了，说是要回哪儿去——不懂——反正很远……黑哥们儿很害怕，他知道豹子盯上他了。豹子来了，就在后面跟着，每天晚上我都听见它在附近转悠，就在营地的小火堆旁边，飞着萤火虫的地方……

后来我就跟那黑哥们儿说，说我也跟他一块儿走，走到福尔莫索。压根儿用不着带家伙，我有手枪、猎枪，还有小刀、大砍刀，还有我的长矛。其实我撒了谎，当时我是准备回这儿来的，先前跟若昂·格德老爷撂过狠话，说我再也不杀豹子了，我把这话都跟他说了。我是要回这儿来的，绕那么远的路，全是为了那黑哥们儿。可比日博不知道啊，就跟着我上路了……

嘿，我那会儿倒没觉得有什么不好，也不嫌麻烦，我挺喜欢比日博的，觉得他可怜兮兮的，是真想帮他，而且因为他带了好多好吃的，一堆补给呢，要是他只自个儿上路，那才可惜了……比日博是个好人，就是胆子小得离谱，一刻也不敢松开我。我们一块儿走了三天。黑哥们儿一直在讲话，讲啊，讲啊。我挺喜欢他的。比日博带了面粉、奶酪、盐、红糖砖、大豆、肉干、钓鱼用的钩子、腌猪油……万福玛利亚啊！——黑哥们儿把那些东西都背在背上，我一点儿没帮忙，我才不乐意呢，天知道他是怎么背动的……我就去打猎：我猎来了鹿，猎来了冠雉，还有鹌鹑……黑哥们儿就吃。嗨哟！嗨哟，他可真能吃，吃个不停，吃了还想吃，我都没见过这么能吃的……做饭是比日博做。他把自己的吃食分我一些，我就能吃到饱。可比日博一吃起来就没停过。他一边吃，一边讲有关吃的各种事情，我就看着他吃，自己也会跟着再吃一点，最后总是吃撑了直打嗝。

我们在树底下扎了营，生了火。我看着比日博吃东西，看他一边吃一边傻乐，天天吃，天天吃，塞满了嘴巴，塞满了肚子。我越看越生气，那个气啊，气得要命……呵，呵！比日博吃得那么香，吃那些好东西，可怜的豹子一路跟来，却还在挨饿，一心想吃掉比日博……想到这儿我就更生气了。您不气吗？那我什么也没说。啊哈。啊对，我只跟比日博说，那地方再危险不过了，周围都是美洲豹的窝。噫，黑哥们儿立马就不吃了，黑哥们儿吓得好久才睡着。

啊，这下我倒是不生气了，就想捉弄捉弄黑哥们儿。我偷偷溜走了，慢慢地，轻轻地，一点儿声音也没有，谁都发现不了。我把吃的全拿走了，一点儿也没留，全拿走藏到了老远的树枝上。哈，然后我又偷偷溜回来，把我的脚印给抹了，哈，我直想笑……我兜了一大圈儿，这边走走，那边走走，最后又绕回来，爬上一棵很高的树，躲了起来……死豹子，死豹子，它根本就没来！第二天一早，我就看着比日博醒来，怎么都找不到我，可好玩儿了……

那一整天他都在哭，到处找我，找来找去，就是不敢相信。哈，他把眼睛睁得老大。后来他开始转着圈儿走，像疯了似的。他找我都找到蚂蚁洞里去了……可他不敢大声喊，怕把豹子给招来，于是就小声地叫我的名字……比日博不停地发抖，我都能听到他牙齿在打战，我听到了。他抖得厉害，就像咱放架子上烤的肉在爆油花儿似的……后来，他人就开始迷糊了，瘫到地上，把脸朝下，用手捂住耳朵，又把脸捂住……我趴在树上等了一整天，也是又饿又渴，可我这会儿就是想，我也不知道为什么，就是想看美洲豹把黑哥们儿给吃了……

嗯？没，黑哥们儿没得罪过我。比日博人很好，从不惹人嫌。我也没再生他的气了。啥？这样做不对？您怎么知道？您又不在那儿。啊哈，比日博又不是我家亲戚，他就不该想着要跟我一块儿走的。我把黑哥们儿带去了豹子跟前。喂，是黑哥们儿自己要跟着我的。我又没做啥和平常不一样的事儿……哼，你干吗伸手去摸枪呢？哼哼……欸嘿，这枪好啊，是吧？嘿嘿，是把好枪。哎哟！您就让我抓着您的手，我好瞧个清楚……哎呀，不让抓，不让抓？您不喜欢我抓您的手？您别怕呀。枪让我的手摸了，是不会沾上晦气的。我也不让人摸我的枪，但只是不让女人摸。我连看都不让女人看，女人不该看，招晦气，要倒霉的[1]……嗯，嗯。没有，先生。对。对。嗯，嗯。还是您自己拿主意……

嗯。嗯。对。啊。欸，没没没……哎呀……嗯。不，先生，我哪知道。哼哼。没，先生，我没生气，这枪是您的，您才是它的主人。我只是想瞧瞧，好枪，多好一把枪啊……反正我的手又不招晦气，嘿！——我又不是女的。我可不是扫把星——我运气好着呢。您不让我摸，您不信我。我从来不说谎……得，那我再喝一口。您也喝！我没生您的气。啧，好酒啊好酒……

喂，您喜欢听故事，那好，那我就讲。比日博之后咋样了呢？我就回来了呗。我回了这儿，就看到了另一个黑哥们儿，已经在这草屋里住下了。我第一反应是：这肯定是那家伙的兄弟，来找我报仇的，哎哟，哎

---

[1] 标注问号，有待修改。——原编者注

哟……结果不是。黑哥们儿叫蒂奥多罗。若昂·格德老爷安排的，叫他以后就住这儿，把豹子都杀光，我不是不想再杀豹子了嘛。他说草屋是他的了，若昂·格德老爷跟他说过，说把小屋给蒂奥多罗，一辈子都归他。但我可以一块儿住，只是我得去捡捡柴火、打打水什么的。让我去？哼，还让我去——门儿都没有。

我自己用棕榈树叶子扎了个吊床，就挨着玛利亚－玛利亚的窝。啊哈，蒂奥多罗肯定会到那儿去打猎……啊好吧好吧。蒂奥多罗没去猎豹子——他骗若昂·格德老爷来着。蒂奥多罗是个好人，就是胆子小，他真的胆小，小得离谱。他养了四条大狗——贼爱叫唤。两条给阿皮蓬加咬死了，一条跑进林子里不见了，还有一条给霸王吃掉了。呵呵呵……狗就是狗……他一头豹子都没杀掉。而且蒂奥多罗在草屋也没住多久，只看到过一回新月，然后他就死了。就这么回事儿。

蒂奥多罗想见见其他人，他想出去走走。他给了我吃的，叫我跟他一块儿出去走走。嘻，我知道，他不敢自个儿在这外头走。他走到过水廊边儿上，结果因为害怕大水蚰，就不敢走了。我嘛，嘿，我有根称手的棍子，拿结实的树皮绳缠着，我就把绳子套在脖子上，就这样挂着走，我啥也不怕。后来，黑哥们儿 [1]……我们

---

[1] 标注问号，有待修改。——原编者注

走了好几里格，一直走到沼泽地中间，那儿拿来种庄稼很好。水廊人老劳雷米罗，人不错，可他老是吹个口哨叫我们过去，像叫狗似的。我是狗吗，啊？老劳雷米罗说："不许进我们屋里，待外头去，你个野人……"老劳雷米罗总跟蒂奥多罗说话聊天。他会给我吃的，但不跟我说话。我离开的时候可生气了，气得不得了，气他们所有人：老劳雷米罗、他老婆、几个女儿和小儿子……

我叫上了蒂奥多罗：我们吃过以后就要上路了。蒂奥多罗只想跑去小水廊河的河口那儿——去和那疯汉子的老婆一块儿躺草席上睡觉，那女人可好了，叫玛利亚·基利内亚。我们就往那儿去了。到了以后，哟嘿，他们就叫我到屋外头去，我在外头待了好久，一直盯着林子，盯着外面的路，哎，看看有没有人要来。有好多男的老去那儿。好多男的，就是那三个死了的逃犯，那三个荒原人。我在那附近看到了一些脚印。脚印圆圆的，是大锤，是它去捕猎时留的脚印。天上下着小雨，不过是毛毛雨。我躲在一棵树底下。蒂奥多罗一直都没从里头出来，还有那个女人，玛利亚·基利内亚。那个疯汉子，她老公，居然也不乱嚷了，估计是被铁链子锁着睡着了……

欸嘿，然后我就看到一个荒原人走过来，那个老里奥波罗，要说坏蛋，就数他最坏，成天到处发脾气。老里奥波罗怕把衣服给淋湿了，穿着一件棕榈叶做的大斗篷过来，深一脚浅一脚地在泥里走，溅得浑身泥点子。我从树底下出来，走过去拦住他，不许他再往前了，是蒂奥多罗叫我这么干的。

"你在这儿干吗呢?! 你个猎豹子的臭不要脸！"他就是这么说的，冲我一通大吼大叫，凶得很。

"我在等着看这场雨的屁股……"我说。

"哦，那你咋不去看你妈的屁股，王八蛋?!"他又开始吼，吼得更凶、更大声了。哎哟那家伙，真叫人火大。

啊，吼是吧，冲我吼是吧？哼！还说我妈，是吧？好，行。哼！好啊。好啊。于是我跟他说，大锤就藏在崖底下的深沟沟里呢。

"我瞅瞅，给我瞅瞅……"他说，接着，"嘁，你骗人呢吧？你个撒谎精，不要脸的东西！"

但他还是过去了，走到了崖边，就站在边边儿上，探出身子往下瞧。我就一推！我只轻轻推了他那么一下，压根儿没用力，荒原人老里奥波罗就掉下去了……啊哈！啥啥，您说啥？我杀了他，我吗？啊不不，我可没杀他。他掉到下边儿地上了，大锤开始吃他了，他都还活着呢……好，漂亮！嘿，嗯嗯，得劲儿嘿！欸嘿！吃吧，老舅……

我什么都没跟黑哥们儿说。欸……那个女人，玛利亚·基利内亚，给我倒了咖啡，说我这土著长得还挺帅。然后我们就走了。蒂奥多罗在生我的气，一路都没吭声。因为我会猎豹子，他不会。我是这儿的百事通，知道林子里那些动物、大树、花草都要去哪里找，我都知道，他就不知道。我有这么多皮子，也不想卖了。他就像条狗似的盯着，我觉得他是想自个儿把皮子全吞了，卖掉能赚好多钱呢……啊对了，蒂奥多罗还跟其他荒原人造过我的谣。

那逃犯古格倒是个好人，是真的好，他就从来不骂我。我总想出去溜达，他却懒得动，一天天地净在那儿躺着，吊床上，草地里，一躺就是一整天。他甚至还叫我拿葫芦舀了水，送去给他喝。他自己啥也不干，就光是睡觉，抽烟，躺着伸懒腰，或者扯闲话。我也一起。那古格可真他妈的能聊！嗯，他啥也不干，不去打猎，不去地里刨木薯根来吃，也不愿意出去溜达。后来我突然就不想再盯着他了。啊，倒不是生气，只是烦了。您明白我意思没？您见过那种人不？那家伙忒懒了，懒得要死，情愿让自己活成个废人，真是晦气，噫！我都被带蔫儿了……我不想生他的气，也不想干啥，我真的不想，真的不想。他是好人来着。我跟他说我要走了。

"别走……"他说，"咱们聊天啊……"可他还是整天睡睡睡。突然一下，欻，我就变成豹子了……啊。我忍不了了。我弄来些树藤，扭成了很棒很结实的绳子，把那古格绑在了吊床上。我绑得飞快，绑住了腿，绑住了胳膊。他想大叫的时候，哼，嘘！嘿哟，这可不行，我往他嘴里塞了好多树叶，使劲往里塞。当时旁边都没人。我就把那古格连带吊床卷了起来，一并扛走了。嗐，他死沉死沉的。我把他带给了吃人怪。吃人怪可是豹老大，老大一头公豹子，就这么把逃犯古格给吃掉了……大块头吃人怪一边吃一边呼噜，呼噜得可开心了，倒像只小豹子……后来我都有点难过了，觉得那古格可怜，他明明人挺好的，哎呀……

然后天就黑了，我去找剩下的那个荒原人聊了一会儿，他叫安图尼亚斯，也是个逃犯，嘿。那黄皮佬真抠门儿！他从来不给人东西，不，什么都要自己留着，借他颗铅弹，回头还得还他俩。喊！哎呀……我到了他那儿，他正在吃东西，看到我连忙把吃的藏到树藤篮子底下去，可我还是看到了。接着我问他，我能不能睡在草屋里。"睡倒可以。但你去捡些柴来生火先……"他没好气地说。"哎，已经晚上了，外面那么黑，明儿一早我再扛点好柴来……"我说。结果他又使唤我去修一双旧凉鞋。他说明儿一早他要去玛利亚·基利内亚那儿，不准我自个儿待在屋里，免得我乱动他的东西。啊好吧，我就跟他说："我觉得豹子把古格给抓走了……"

哎，图尼亚！——古格就是这么叫他的。他瞪大了眼睛。他问——我为啥会这么觉得。我跟他说我听到古格在大叫，还听到豹子在嗷呜嗷呜地吃肉。您敢信不？知道他怎么说的不？呵！他说豹子都把古格给抓走了，那古格的东西就全归他了。还说他回头要搬走了，搬去另一座山，问我要不要一块儿去，好帮忙把他的东西全搬过去，都是些破烂儿。"我去，我肯定去……"我说。

啊，这我可不能说，不说，不说，打死也不说！您为啥想知道？您啥都想知道？您难不成是当兵的？……得了得了，我说，我说，您是我朋友嘛。我就用长矛的矛尖抵住他……怎么抵的，要不我做给您看看？啊，不要，您不想看？您是怕我把矛尖也抵到您胸口上吧，是不，嗯？不，那您还问个啥？！喊，您真没种……合着您一直都在害怕呀……啊好吧，然后他只好一边走一边哭，踉踉跄跄地摸黑往前走，摔了跤，爬起来，再摔再爬……"不准叫，不准叫……"我说，一边骂他，一边用矛尖戳他、推他。我把他带给了玛利亚－玛利亚。

第二天一早，我突然想喝咖啡。我寻思着，可以去串个门，找那女人玛利亚·基利内亚讨杯咖啡喝。我就往那儿走，一路上看见：我的老天！那高地下边儿的坡上，全是豹子的脚印……嗯，都是我的豹子……但它们都必须得知道我是谁，哼，我可是它们亲戚——哼，不然我就一把火烧掉草原，烧掉林子，连带林子里的洞，还有它们的窝，全都烧个精光，就等旱季快过去的时候……

那个女人，玛利亚·基利内亚，她真好。她给了我咖啡，还给了我吃的。她家那疯汉子倒挺安分，老苏鲁韦奥，还没到他发疯的月亮夜，他只是笑，笑啊笑，但是没叫。嗯，可玛利亚·基利内亚却开始奇怪地盯着我看，跟以前完全不一样。她两只眼睛亮晶晶的，一边笑，一边张开鼻孔，然后抓住我的手，把我头发理顺。她说我好看，真的好看。我——还挺开心的。可后来她就想把我拉到席子上去，和她一块儿躺下，欸，喂，喂……我这火一下就蹿上来了，特生气，气得要命，我要宰了玛利亚·基利内亚，喂给塔塔西卡，喂给所有豹子！

嗯，然后我就站了起来，要去掐玛利亚·基利内亚的脖子。可她却先开口了："哎，你妈妈以前一定很好看，人好，心肠也好，对不？"那女人玛利亚·基利内亚是真好，长得也好看，我贼喜欢她，我现在都还记得。我就跟她说，所有人都死了，都被豹子吃了，她得赶紧搬走，这会儿就走，快走，快走，现在，马上……去哪儿都成，反正得离开。玛利亚·基利内亚吓坏了，她吓得要死，说她走不了，因为丢不下她家那疯汉子。我跟她说，我来帮忙，我带他们走。我可以带他们走到圣母水廊，她在那儿有认识的人。嗯，我就陪他们去了。她家那疯汉子倒没怎么添麻烦。我跟他说："咱们去溜达溜达吧，苏鲁韦奥先生，咱们走前头去？"他就会回我："好啊，咱们走，咱们走，咱们走……"那是雨季里，水廊涨满了水，倒让我们多费了不少劲儿。但我们总算走到了。玛利亚·基利内亚跟我道别："您是个好人，胆子大，长得也好看。可您不喜欢女人……"然后我就说："我就是不喜欢。我——我爪子长……"她笑啊笑，笑个不停，我自个儿回去了，就从那一条条水廊边儿上走。

哎呀呀，我绕了一圈儿，终于找到一条能从沼泽地后头绕过去的路：我可不想碰到水廊人老劳雷米罗。我肚子饿得很，但我也不想跟他要吃的——那家伙拽得跟什么似的。我吃了些番荔枝和甜蚕豆，就在一片密林子旁边歇下了。过了一阵儿，天突然变得好冷，那个冷哪，冻得我腿都抽筋了……啊，然后嘛，然后我就不知道了。我一觉醒来——发现自己在水廊人的家里，天还很早。我躺在黏糊糊的血泥里，爪子上红红的，全是血。水廊人被咬死了，还有水廊人的老婆、几个女儿和小儿子……呃，啧啧啧，哎哟我去！这下我难受了，我生气了。嗯，啥？您说是我杀的？我咬了，但我没杀……我可不想被关起来……我满嘴满脸都是他们的血。嗯，我走了出去，自个儿在林子里乱转，脑子也不大清醒，老想往树上爬，哎，林子太大了……我就走啊，走啊，也不知走了多久。等我重新好起来的时候，我全身上下光溜溜的，饿得半死。我浑身脏兮兮的，都是泥巴，嘴里也苦苦的，呸，苦得就像盾柱木的树皮……我原地躺着，躺在迷迭香丛里。玛利亚－玛利亚过来了，凑到我身边……

您听到没，嗯？您看出来了吧……我就是美洲豹，我不是早说了吗？！哈。我没说过——我能变成豹子吗？我是一头大豹子，豹大王。喂，瞧瞧我这爪子，您瞧瞧——这乌黑的爪子，又长又硬……您来，您闻闻看：我身上有没有豹子的臊味儿？黑哥们儿蒂奥多罗说我有，哎呀，哎呀……我天天都要在水坑里洗澡的……不过您还是快睡吧，嗯，嗯，别等您朋友了。您病啦，得好好躺硬板床上。豹子不会来的，您就把枪收起来吧……

啊啊！您用它杀过人不？杀过啊，哦哦，真杀过？您咋不早说呢？啊哈，所以您还真杀过人啊。杀过多少个？杀过不少哪？啊哈，朋友，您是个狠角儿……欸，来来来，咱喝酒，要喝到舌头像硌着沙子那样……我在想一件事儿，欸，好事儿，美事儿：咱明儿个就去宰了您朋友，咋样？咱去把您那朋友给宰了，坏朋友，不中用，居然把马放跑到林子里去了……咱去宰了他吧？！呃，呃，去去去，待着别动啊！瞧您困成啥样儿了都……喂，您还没见过玛利亚－玛利亚呢吧，啊就是，您是没见过。您得见见。过会儿它就来了，我要它来，它就来，来了准馋您身子……

啥？啊好，啊对……那会儿我跟它躺在迷迭香丛里的样子，真该让您看看。玛利亚－玛利亚是个淘气鬼，一会儿用爪子扒拉地面，一会儿横着跳一下，就是豹子那种懒洋洋的跳法，真好看，真好看。它脊梁上的毛全都竖了起来，尾巴膨得老粗，嘴巴张开又合上，很快，像人在打瞌睡……就跟您这会儿一模一样，嘿，嘿……它慢悠悠地走啊走，晃晃荡荡，啥都不带怕的，两边屁股轮流提起来，那一身毛油光水滑，要不说它是所有豹子里最好看的呢，瞧它走过来那样儿，可摆足了派头……它冲我低声吼着，想和我一块儿去逮黑哥们儿蒂奥多罗。这时候，那股冷劲儿又来了，那个冷——哪，浑身都在抽筋……啊，我瘦不灵精的，哪儿都能钻过去，黑哥们儿就有点胖了……我手脚并用地爬了过来……蒂奥多罗吓疯了，噫，那眼睛瞪得，看着真大……我就嗷呜！……

您听着爽不爽，嗯？黑哥们儿不是什么好东西，哦，哦，哦……喂，您是好东西，您是我朋友……喂，让我好好看看您，让我抓着您一会儿，就一小会儿，我就把手放这儿……

欸，欸，您干吗？

把那枪口转开！您别闹了，把枪口拿开……我不动，我就老实待着，一动不动……喂，您是要杀我吗，啊？把枪拿开，拿开！您病了，您疯了……您是来抓我的？嘿，我手放地上也没啥，真的，我就是随便放放……哎哟好冷……您疯了吧?! 喊! 滚出去，屋子是我的，去! 去去去! 您杀了我，您朋友来了，准把您给抓起来……豹子来了，玛利亚－玛利亚，准把您给吃了……豹子是我亲戚……哎，是因为那黑哥们儿吗？我没杀黑哥们儿，我瞎说来着……看，豹子! 喂，喂，您是个好人，别这样对我，别杀我……我——我是马昆科佐……别这样，别……嗯嗯呜……咿咿哎! ……

哎……嗷呼……啊啊啊……您把我打亅啊啊……雷穆阿希（您别杀我）……雷尤卡纳塞（我是您朋友）……啊啦啊啊啊……呜哼……呜咿……呜咿……呜……呜……呃咿呃呃……呃呃……呃……呃……

176

镜　子

若你愿意听我讲，我便讲给你听。我要讲的不是一次冒险，而是体验，是我在一系列理性推导与感性直觉交替指引下得来的体验。这个过程耗时、耗力，又耗神。我为此自豪，这并非自夸。然而，我惊讶地发现，自己已经与所有人都有些不一样了，因为我探到了某种其他人依旧浑然不察的知识。就比如你，先生，你有学问，也肯钻研，但我估计你大概并不真正懂得——镜子是什么？当然，你可能对物理学有所涉猎，也熟知光学定律，但我指的不是这些。我指的是镜子的超验性本质。其实，一切事物都只是某个谜团的冰山一角，包括发生的事实，也包括未发生的事实。你不相信？当什么都没有发生的时候，发生的是一个我们看不见的奇迹。

　　我们讲具体一些吧。镜子有许多种，都能捕捉到你的面容；它们映照出你的脸，你便相信这就是自己的模样，几乎分毫不差，相信镜子忠实地呈现了你的形象。但——是哪一种镜子？有"好"镜子，有"坏"镜子，有美化你的镜子，有丑化你的镜子，还有些镜子，纯粹是诚实反映而已，不是吗。那这种诚实或忠实的程度与界限在哪里呢？你，我，我们身边的其他人，看起来到底是什么模样？你可能会说：看照片就知道了。我的回答是：那些依靠反射与模拟运作的相机镜头与镜子存在着同样的问题；此外，相机拍出来的照片并未证伪我的论点，反而可以引为佐证，因为这恰恰揭示了叠加于图像数据之上的神秘因素。即便是在瞬息之间连续拍摄的照片，每一张也有**巨大**的差别。如果你从未注意到这一点，只是因为我们总会不可救药地忽略掉最重要的事物。还有那种可以紧贴在脸上的面具呢？它们哪，只能粗略勾勒出大致的面部轮廓，无法展现表情的爆发、动态的变化。请不要忘记，我们当下讨论的可是相当微妙的现象。

你还可以这样论证：任何人都能同时观察到另一个人的脸及其镜中的倒影。我无意诡辩，但我要反驳。这种实验（顺带一提，尚未在**严谨**的条件下执行过）缺乏科学价值，因为人的心理层面存在着不可约分的变形，心理层面的变形。对了，你可以尝试一下，必定会大吃一惊。此外，价值流动瞬息万变，"同时观察"本就没有可能。啊，时间是一切背叛的魔术师……还有我们的眼睛本身，每个人的眼睛都会带有与生俱来的偏差，这些缺陷伴随我们成长，我们也越来越习以为常。例如，小孩子眼中所有物体起初都是颠倒的，因此他们的摸索才会显得那样笨拙，慢慢地，他们才能够基于外部事物的体积与位置，勉强校准出并不牢靠的视力。然而，其他缺陷依旧存在，且更为严重。至少在目前看来，眼睛就是混淆的门户。去怀疑它们吧，怀疑你的眼睛，不要怀疑我。啊，我的朋友，人类总是不遗余力，非要为这个痉挛的世界找寻些许规律与逻辑，可总有某种事物或某个人，会从一切当中凿出缝隙，以此来嘲笑我们……那然后呢？

请注意，我的分析仅限于平面镜这一范畴，日常使用的那种。那么其他类型的镜子——凹面镜、凸面镜、抛物面镜——以及各种可能存在，只是目前尚未被发现的镜子呢？譬如，四面镜或者四维镜？在我看来，这样的假设并不荒谬。专业数学家接受过思维训练，完全可以使用多种颜色的小立方体，在脑中构建出四维物体，就像孩子们玩积木那样？你不相信？

看得出来，对于我的理智推断，你最初的怀疑已经开始有所减退。不过，还是让我们脚踏实地一些吧。游乐园滑稽屋里的镜子会把我们变得奇形怪状，要么瘦成竿，要么胖成球，逗得人哈哈大笑。但是，我们平日使用的镜子还是只有平面镜——尽管茶壶的壶身就能成为一个勉强能用的凸面镜，抛光的勺子里也能找到一个还算不错的凹面镜——这是因为人类最初是在平静的水面中看见自己的，例如湖泊、泥潭、清泉，后来才能仿照这些事物制作出金属或玻璃镜子。然而，忒瑞西阿斯早就为美少年那喀索斯预言，一旦他看见自己的模样，就活不成了……是啊，我们的确有理由害怕镜子。

出于某种本能的疑心，我打小就害怕镜子。动物同样抗拒面对镜子，当然，某些事出有因的个例除外。和你一样，我也是腹地长大的，在我们那儿，人们都说，绝对不要在深更半夜、孤身一人的时候照镜子。因为镜子里不一定是我们的倒影，而是另一幅令人毛骨悚然的可怕景象。不过，我是个实事求是、讲究理性的人，双脚或四蹄都稳稳踏在地上。要我相信那些神神道道、根本算不得解释的解释吗？想都别想。既然如此，那个恐怖的景象究竟是什么呢？那个**怪物**究竟是谁？

或许我对镜子的恐惧是远古记忆的复现？远古人类因迷信而对镜子心生恐惧，他们认为人的倒影就是灵魂。你也知道，通常情况下，迷信恰恰能为科学研究提供丰沃的土壤。镜子的灵魂——请记下这个说法——真是绝妙的隐喻。此外，也有人会把影子认作灵魂，你一定不会忽略掉这组对立的存在：光—暗。在过去，每当家中有人去世，大家不都习惯将镜子遮住，或是将它们转向墙壁吗？不仅巫蛊或是交感法术会用到镜子，占卜师也会，他们可以将镜子当作水晶球，在镜域中隐约看出未来之事的轮廓，这难道不正是因为，如果时间穿越到镜子那一边，似乎就会改变方向与速度吗？我扯远了。让我回到先前要讲的……

有一回，我碰巧走进了一座公共建筑的洗手间。当时我还年轻，正是春风得意、趾高气扬的时候。可一不留神，我便看见……这里我要说明一下：有两面镜子——一面在墙上，一面在侧门上，门正好打开成某个角度，使得两面镜子互为犄角。在那一刻，我看见的是一个人影，一个人的侧影，令我反感到了极点，直欲作呕，甚至汗毛倒竖。那个人让我感到恶心、痛恨与恐惧，吓出了我一身的鸡皮疙瘩。那个人——我立刻醒悟过来……就是我自己！这样一次经历，你觉得我还忘得了吗？

从那时起，我便开始通过镜面寻找自己——寻找自己背后的自己——在它光滑而深邃的玻璃片上，在它冰冷的光芒中。要知道，此前从没有人这样尝试过。人在照镜子的时候，都是带有情感偏向的，基于某种程度不一的欺骗性假设：没有人会真的认为自己长得丑——顶多会在某些时刻对自己的长相感到不满，只因其暂时不太符合某种已被大众接受的审美理想。我说得够清楚了吗？因此，照镜子所追求的就是验证、校准、加工某个已然存在的主观**模板**；归根结底，就是不断地为其套上假想出来的新外壳，从而扩展假想本身。而我，我是一个质询者，不偏不倚，绝对中立。我追猎着自己的外在形貌，即便并非毫无私心、全不利己，驱使我的也只不过是求知欲，更别提还有科学研究的迫切需求呢。我花了好几个月的时间。

是的，这几个月收获颇丰。我使出了所有招数：飞快地扫视，斜乜着狠狠瞪视，单纯地长久斜视，制造反意外，用眼睑做假动作，突然开灯伏击，不断变换角度。重点是，我的耐心经久不衰。我也会在一些标志性的时刻照镜子——愤怒的时候，害怕的时候，自尊心受挫或膨胀的时候，极度快乐或悲伤的时候。谜团在我之上一一展开。例如，若你在愤愤不平时，字面意义上与自己的镜像面对面，憎恨就会因反射而加剧，以惊人的速度成倍增长，于是你就会看到，实际上，人憎恨的只有自己。当眼睛对上眼睛，我才知道：人的眼睛是没有尽头的。只有它们永恒不变，停留在秘密的中心。哪怕它们似乎并没有在嘲笑我，也只是那里有一层面具的缘故。因为脸，脸的其他部分，永远都在变化。你，和其他人一样，看不到自己的脸其实只是在持续进行着欺骗性的运动。你看不到，是因为你不够警觉，习惯成了自然；要我说，你依然在沉睡，连最必不可少的新感知能力都未曾开发出来。你看不到，就像大多数人也看不到地球的公转与自转，即便你我的双脚都踏在这地球之上。若你愿意，不用原谅我，但你一定理解我。

既然如此，我就必须看透伪装，揭开那张矫饰的**面具**，从而剖析出这团迷雾的核心——我的真容。一定会有办法的。我冥思苦想。终于，一些颇为可靠的想法找上了我。

我得出的结论是，外在面貌的伪装中有多种成分相互渗透，而我要解决的问题，就是如何对它们进行"视觉"上的阻断或感知上的消除，从最基础、最粗糙，或是最无关紧要的成分开始，逐一搁置。我选择了动物属性作为切入点。

我们每个人似乎都与某种特定的动物相似，总让人联想到它们的**面目**，这是事实。我只是将其指出来而已，但我无意另起一段，去探讨什么轮回转世或者生物遗传理论。其实，我曾向一位拉瓦特相面师请教过这个问题。他怎么说？拿羊首人或马面人举例，你只需看一眼人群，或观察一下熟人，就能发现他们的存在，而且不少。然而，根据面相学，我的下位分身是——美洲豹。我确认过这一点。因此，我在仔细剥离出其他动物属性之后，还得学会如何让自己在镜子里**看不见**我身上那些会令人联想到这种大型猫科动物的特征。为此，我投入了全副精神。

请原谅，我不会详述自己使用了哪种或哪些方法，总之是由最寻根究底的分析过程与最耗费心力的抽象思维交替进行。即便只是准备阶段的那些步骤，也足以让不敢承担艰巨任务的人望而生畏。作为一个有文化的人，你一定不会对瑜伽感到陌生，有可能还练过，或者至少做过一些最基础的动作。还有耶稣会士的所谓"精神训练"，据我所知，有些无神论哲学家和思想家也会修习，从而提高专注力以及创造性想象力……总之，不瞒你说，我确实采取了一些相当经验主义的方法：亮度的渐变，彩色的灯光，能在黑暗中发光的磷光涂料。只有一种手段我拒绝了——在镜子的钢铁层和镀锡层中添加其他物质，因为这手段即便不算自欺欺人，也太过平庸无趣。其实关键在于集中注意力、使视线部分失焦的**法门**，我必须练到得心应手的地步：看而不见。必须看不见"我"脸上那些只能算是兽性**残余**的东西。我能做到吗？

要知道，我追求的是一种实验性的现实，而非想象式的假设。我可以告诉你，在这个过程中，我取得了实实在在的进展。渐渐地，在镜子的视野中，我的映像开始呈现空白，那些多长出来的部分变得越来越模糊，几乎完全消失。我并未止步于此。不过，自那以后我便决定，要同时处理掉其他一些偶发性的、虚妄的成分。比方说，遗传因素——即与父母和祖父母的相似之处——也是进化过程残存在我们面容上的负累。啊，我的朋友，哪怕是鸡蛋里还未孵出来的小鸡，也不可能不受丝毫影响。接下来，要去掉那些由情绪感染所致、或显性或隐性、在暂时性心理压力失调中凸显出来的成分。再然后，还要去掉他人想法与建议在我们脸上的具象化体现，以及那些稍纵即逝，既没有前因后果，也缺少关联和深度的兴趣。向你解释这一切或许要用上好几天。不如你就按照字面意义来理解我的结论吧。

随着我在剔除、抽象和提取方面的能力日渐炉火纯青，我的视野形态逐层剥离，边缘变得弯弯曲曲，像花椰菜或牛肚，又像马赛克，孔洞密布，似海绵般疏松。然后，越来越暗。我开始头痛，尽管我那会儿很注重身体健康。难道我竟懦弱至此吗？先生，请原谅，在此我不得不换作尴尬局促的语气，用如此人性化的方式向你坦白，表露出我这莫名其妙、不成体统的脆弱。然而，想想泰伦提乌斯[1]吧。是的，那些古人。我突然想到，古人正是用一面被蛇缠绕的镜子，来象征审慎女神普鲁登西亚的神格。我果断放弃了研究。此后好几个月，我都没再照过任何一面镜子。

但是，日子一天天过下去，人总会平静下来，忘记很多事情。时间，只要拉得足够长，终归会变得平平淡淡。或许真是那潜藏的好奇心刺激了我。有一天……请原谅，我并非要用小说家的手法，在此故意插入突兀的情节转折。我只是想告诉你，我看向镜子，却没有看见我。我什么也没看见。只有一片镜域，平滑，空荡，像太阳般开阔，像极清澈的水，像散射的光线覆盖一切。

---

[1] 泰伦提乌斯（Terence，约公元前 2 世纪），古罗马喜剧作家，其作品往往以幽默的方式传达发人深省的哲思与规训，对后世西方戏剧作家产生了深远影响。

我没有形体、没有面容了吗？我反反复复地摸索自己。然而，还是看不见。还是虚无。还是没有任何物理存在的证据。我是——透明的观察者？……我退开几步，一阵眩晕，瘫倒在了一把扶手椅上。

原来，在我停止研究的几个月里，先前苦苦追寻的能力竟在我体内自行锻炼了出来！这能力是永久的吗？我想再一次与自己面对面。还是没有。而将我完全震慑住的是：我看不见自己的眼睛。在那片明亮光滑的空无之中，连我的眼睛都没能映现！

如此说来，我起初只是想要一个逐步简化的外形，最终却将自己剥离成了彻底的无形。结论相当可怕：在我之中，是否根本没有一个核心的、个体的、自主的存在？难道我是一个……无魂者？那么，原本被我用来伪装成所谓**自我**的，难道不过是一种兽性的残存，一点遗传的特征，一些散乱的本能，一股陌生的情绪化能量，一堆交织作用的外界影响，以及一切在无常中最无法定义的东西？镜子的光线与空虚的表面向我述说着这些——完完全全地不忠不实。难道所有人都是如此吗？或许我们比孩童也强不了多少——生命的本质不过是痉挛式的冲动，是海市蜃楼间乍现的闪电：那海市名为希望，那蜃楼名为记忆。

但是，先生你一定认为，我已精神错乱、自我迷失，将物理、超物理和泛物理混为一谈，理智的平衡彻底打破，逻辑也毫无连贯性可言——我被自己的讲述陷了进去。你一定在想，我说的这一切根本不成立，也根本不能证明任何东西。即便那些都是真的，也不过是某种偏执的自我暗示，妄想能在镜中照出心智或灵魂，简直是无稽之谈……

我承认，你确实有理。不过，我是个很不擅长讲故事的人，总在摆事实之前就讲出了结论：这就像是把牛系到车后面，把牛角摆到牛后面。还请见谅。那就让我在本篇的结尾，给迄今为止所有这些粗劣而冒进的空谈，带来一些光亮吧。

这一系列事件相当私密，也极为奇特。下面我就要将它们讲出来，天知地知，你知我知。我很惭愧，但我还是只能极其简要地进行叙述。

事情是这样的：又过了好多年，在经历了一场深重的苦难之后，我再一次对上了自己——但并没有面对面。是镜子向我展示了我自己。听我说。一段时间以来，我什么都看不到。直到后来，直到那天，开始有了一丝极微弱的、类似光亮的东西，朦朦胧胧地浮现出来，虚弱地闪烁着，一点点挣扎着发射出光线。就连它最微小的摇曳都令我动容，还是说，它早已成为我情感的一部分？那小小的光亮，从我这里发射出去，停留在那里，居然还能反射回来，它到底是什么？先生，若你愿意，可以自行推论。

这些本是不应窥探到的东西,至少不应窥探到那么多。还有其他一些东西,我在很久以后——直到最后的最后,才得以在镜子里分辨出来。此处请恕我赘述一个细节,那时我已经学会了爱——或许也可以说,我是学会了顺应与快乐。然后……是的,我看见了,我看见了自己,再一次看见了我的脸,一张脸,不是你理所当然地认为我应该拥有的这张脸,而是一张"半成脸"——仅仅勾勒出了轮廓——还未完全浮现,就像一朵诞生于深渊的远洋浪花……并且,那张脸无非就是:一张小孩的脸,一张小小孩的小脸,仅此而已。仅此而已。你会否永远也无法理解呢?

究竟应不应该为了某些"也许吧"的原因告诉你?告诉你我所说的、我所发现的、我所推测的。会是这样吗?假如是呢?我是否触碰到了显而易见的事实?我再三求索。我们的这种笨拙卡顿,还有这个世界,也许就是一个平面——或多个平面的交叉——灵魂的塑造在那里才得以圆满?

如果是这样,那么"生命"就意味着极端而严肃的体验;生命的窍门——或至少其中一部分窍门——是否就在于有意识地剥离、抛弃所有阻碍灵魂成长的东西,所有层层堆叠于上,直至将其掩埋的东西?再然后,便是意大利语中所谓的"**生死一跃**"……我使用这个表达,并非因为意大利杂技演员的精彩演出让它活灵活现，而是因为常见的表达已然死气沉沉，需要新的弹奏技巧与声音色彩……而最后的问判，可能就会伴随着这个简单的问题降临："你存在过吗？"

是吗？但如此一来，过去我们有关生命的观念——即我们活在愉快的偶然当中，无缘无故，徘徊于无稽之谷——不就要被粉碎殆尽、无可挽回了吗？我说完了。如果你允许的话，现在，我希望听听你的想法，听听先生你对此事怎么看。在下斗胆，作为你新交的朋友，但也是你在对科学的热爱中歪打正着、摸爬滚打、四处碰壁时的同路人，还望你不吝赐教。好吗？

一群印第安人（的语言）

我指的是特雷诺人，他们是阿拉瓦克族的南方分支，生活在马托格罗索州。早在大坎普市[1]建成的时候，他们就在那儿了。不过，要是我没弄错的话，他们的保留地或聚居地主要分布在巴纳纳尔、米兰达、拉利马、伊佩格，还有尼奥阿克附近。[2]他们和我们一样穿着袜子和鞋子，走出了历经世代逐渐开化的部落，融入了现代社会。其实在巴拉圭战争中，他们就曾加入战斗，立下大功；《拉古纳大撤退》[3]记述了特雷诺人以及他们的指挥官希科·达斯沙加斯的英雄事迹。

最初与我交谈的是两个特雷诺小伙子，他们都有

[1] 大坎普市诞生于19世纪末，是当时巴西中西部地区的商业中心与交通枢纽，后于1977年（作者逝世后）被设立为新划分出来的南马托格罗索州首府。该市吸引了来自各州乃至各国的移民，同时也与印第安族群及原住民文化保持着密切关系，是巴西唯一拥有印第安城中村的城市。

[2] 均为南马托格罗索州地名，位于大坎普市西南方约两百公里。

[3] 作者是19世纪巴西浪漫主义作家陶奈子爵（Visconde de Taunay），巴西文学院创始成员，曾入伍参加巴拉圭战争。1864年12月，巴拉圭军队入侵马托格罗索州并向巴西宣战。巴西军队被迫撤退。此时多亏有当地印第安人奋起保卫家园，使用游击战术阻挡了巴拉圭人的铁蹄，直至巴西军队重新集结。

两个名字：一个叫 U-la-lá，也叫小佩德罗；另一个叫 Hó-ye-nó，也叫塞西利奥。我们没聊多久。

听到他们用那种语速飞快、发音粗粝的语言交流时，我感到很意外。准确来讲，那种语言不是喉音或鼻音语言，不是瓜拉尼语，也没有声调，但是坚实、克制而闭合，全无丝毫柔软——只有这样的语言才属于这个热烈的民族，还有这片寒冷的土地。他们的声音不间断地延伸着，在我耳中进进出出，就像一条由送气音卷曲而成的线；让我惊讶的是，里面还有许多硬腭摩擦音、软腭摩擦音以及不发声的清元音。我对这门语言肃然起敬，当然也对这门语言的使用者肃然起敬，他们仿佛代表了某种极为古老的文化。

我问了几个词，他们给我解释了意思。那些词一个一个被说出来的时候，展露了某些隐藏的音节，这在原先的自然对话中是听不见的。记录如下：

冷——kás-sa-tí

美洲豹——sí-i-ní

鱼——khró-é[1]

河——khú-uê-ó

神——íkhái-van-n-u-kê

---

[1] "kh" 的发音类似于德语中的 "ch" 或者希腊语中的 "khi"。——作者原注

蛇——kóe-ch'oé

小鸟——hê-o-pen'n-o（"h"要发音）[1]

我记得很费劲，写下来之后也很乱。只是为了有个大致印象。显然，这些词被如此呈现出来时，是这样死气沉沉，没有速度，没有温度。可即便如此，那回卷的海浪依然打得人生疼。

后来，我又在青柠檬村见到了特雷诺人，村子距离阿基道阿纳市十八公里，就在阿曼拜山脉[2]旁边。那是一个"叛离者"的聚居地，有六十个家庭，三百多名族人，他们的酋长叫 naa-ti Tani，也就是首领达尼埃尔。

青柠檬村这地方很神奇，很不一样，简直像是虚构出来的，绿意过于浓郁，闪动着光泽，仿佛七月的英格兰牛津郡；原始的草甸，生长着杧果树的群山，意大利式的日落——开阔，无尽，色彩纯粹。

几乎与我们并行的，是个回村的特雷诺女人。她骑马走在前面，穿着麻底坡跟凉鞋，怀里抱着她的印第安宝宝。我们本想和她说上几句，她却不肯。她牵动缰绳，让马扳过身去，只把背冲着我们，就这样绕远了几步，直到觉得足够远了，她才将马头回正。

然而，首领达尼埃尔一看见我们，就直直走了过

---

[1] 葡语中的"h"一般不发音。

[2] 位于南马托格罗索州，是巴西与巴拉圭两国之间的天然边界。

来，带着他所有的随从。他的的确确是一位领袖，从面子到里子都是。他的人格在低声咆哮，所到之处，不用命令什么，人们都会由衷地向他致敬。无论他的部落如何破败贫寒，他的族人如何继续过着看似无害的吉卜赛式生活，都无损他一族之长的雄伟气度与堂皇仪态。作为代表，他用象征性的仪式与简单的话语，几下便勾勒出一场盛情款待的轮廓。

得空时，我还和一群人聊了会儿天：他们分别叫作 Re-pi-pí（意为"藤蔓"）、I-li-hú、Mó-o-tchó、Pi-têu、E-me-a-ka-uê 和小贝尔图洛·迪维诺·夸奥阿加斯。我向其中一个提问：特雷诺语里这个怎么说？那个怎么说？他很努力地教我念，可其他人却在打趣他："Na-kó-i-kó？ Na-kó-i-kó？"（"我们怎么办？我们怎么办？""K'mok'wam'mo?"[1]"意思就是说：**你该怎么把他给甩掉哟……**"）

我只来得及记下了一小本单词，以免忘记。等后来回了阿基道阿纳市，我重新翻看，才有了一个新发现。是有关颜色的词汇：

红色——a-ra-ra-i'ti

绿色——ho-no-no-i'ti

---

[1] 这是特雷诺人在模仿 "Como é que vamos?"（我们怎么办？）这句话的葡语发音。

黄色——he-ya-i'ti

白色——ho-po-i'ti

黑色——ha-ha-i'ti

是的，是的，很显然："i'ti"应该就是"颜色"的意思——它是一个名词后缀，所以，"a-ra-ra-i'ti"就是"arara（红金刚鹦鹉）的颜色"，依此类推。于是，我在城里转悠了好几个钟头，想要弄明白。这当然是值得的。所有的语言都是古老奥秘遗留下来的痕迹。我寻找着定居在阿基道阿纳的特雷诺人：一个厨娘，一个流浪汉，一个泥瓦匠，又一个厨娘——他们絮絮叨叨地向我讲述了许多事，声音滞闷而低沉，像是深深扎根在泥土里。然而"i'ti"并不是那个意思。

或者说，是，也不是。"i'ti"只有"血"的意思。但这样更加真切和美丽。因为我立马开始联想，例如红色就应该是"红金刚鹦鹉的血"，绿色是"叶子的血"，蓝色是"天空的血"，黄色是"太阳的血"，等等。因此，我又开始渴望知晓"hó-no-nó"、"hó-pô"、"ha-há"和"hê-yá"的确切含义。

可是，我没能找到答案。没有——他们告诉我——没什么含义，这脱离了他们理解的范畴。没有，什么也没有。我没法将我的大脑留在那里，让它独自冥思苦想。Na-kó-i-kó？真叫人悲伤。

命中注定

有一回，有个刚搬来城里的小个子男人，为着一件生死攸关的事情，来到我朋友家请他帮忙。我朋友博学多思，是诗人，教师、前骑兵中士和现任警长。也许正是因为这些，他常说："一个人，要在其他人之中生活，绝无可能。我们所见的，只是奇迹，没有比这更好的解释。"我朋友相信一切都是命中注定。

那天的那个时候，在他家后院深处，射靶训练正在进行中，卡宾枪和左轮手枪轮番上阵。我朋友相当确信，世上再无人能有像他一样的好枪法——无论是射击的准头，还是拔枪的速度。他每天练枪都要用掉好几盒子弹。那会儿他恰好在琢磨一件事："只有古希腊人通晓一切。生活没有多少可能性。"我朋友信命得像只瓷盘。便在那时，有人过来叫他，说那小个子男人在找他。

那人无论举止还是穿着，一看便是个乡巴佬。他瞧着有二十来岁，快三十的样子，不过，他的实际岁数一定比这要小得多。他矮小又疲惫，却敦实得像只巴西貘，面容沧桑，刻画着岁月，像是逆来顺受惯了，一副可怜样儿，手掌布满老茧，是个常年握锄头的"锄手"。

我朋友叫他坐下等着，然后低声继续刚才的话题。我知道，他只是想要时不时用眼角打量那人，这样能观察得更加仔细，从而做出判断。他继续道："因为命运是由各部分首尾相接而成的，除了那些一般性的因素，譬如人和、天时、地利，还有业报……"需要强调的是，我朋友确有其人，不是我专门为了讲故事而虚构出来的人物，请相信这一点。小个子男人坐在椅子边缘，双脚并拢，膝盖紧扣，两手抓着帽子，浑身上下透着一股干干净净的寒酸。

　　被问起姓名时，他说他叫若泽·某某，实在抱歉，若不介意，可以叫他阿泽·森特拉尔费[1]。能感觉到，他是个头脑清晰的人，其实并不怎么紧张。他说话吞吞吐吐，只是因为事关重大："我是个很守规矩的人……我有个当法警的表兄……可他也帮不了我……我向来是最信律法的……"我朋友嘀咕了一句，大概是说："我们不在律法之下，而在恩典之下……"我想他应该是在引用《保罗书信》[2]，于是我开始担心，阿泽·森特拉尔

---

[1] 森特拉尔费（centeralfe）在葡语里意为足球队的中卫，相对来说不那么令人瞩目，却是全队防守力量的核心。

[2]《保罗书信》原为使徒保罗用以阐释教义的回信，后被确立为基督教正典，列入《新约》。书信中深入探讨了"恩典"和"律法"这对概念的关系，律法叫人知罪，恩典使人得救，二者都是上帝救赎世人的方式。文中这句的完整经文应为："罪必不能作你们的主，因你们不在律法之下，乃在恩典之下。"本句常被断章取义地曲解为"唯有恩典"，即颂扬恩典，漠视律法。

费会否因此失去他的好感。可是，这个像被钉在了长长十字架上的小个子男人，想必是因为感到颜面有损，乃至受到了莫大的羞辱——还有威胁，这才前来讨公道的。他捡起掉在地上的帽子，用手掸了掸灰尘。

他自陈道：他已经成婚，在民政局和教会都登记过，没有孩子，家住一个名叫"神父之父"的村庄。他与妻子一直过得好好的，日子无风无浪，却有滋有味，终日劳作，也从不厌倦。可突然有一天，不知是哪阵阴风，吹来了一个无法无天的外地人，肆无忌惮地调戏他妻子，还用热辣的目光盯着她看……"他叫什么名字？"我朋友插话问道，他对米纳斯吉拉斯州南部每一个恶霸的生平都了若指掌。"他叫赫拉库利南，姓索科[1]……"小个子男人回答。我朋友背过身来，咬牙低声骂道："丧心病狂的人渣……"这个赫拉库利南·索科显然不值得一丝一毫的怜悯，与别的坏蛋不同，就比如年轻些的小若昂·多卡博－韦尔德，他在州界两边都是声名狼藉，可与我朋友结识之后——"真正了不起的仗义好兄弟"——便彻底退回了圣保罗州那一边，以免日后与我朋友狭路相逢，彼此都不好办。小个子男人阿泽·森特拉尔费不明就里，依然点头称是，继续讲了下去。

---

[1] 赫拉库利南意为大块头赫拉克勒斯，是古希腊神话中的大力神；索科意为虎鹭，这是巴西的一种水鸟，体型庞大，脖颈粗长，全身呈棕黑色，有虎斑纹。

为了躲开麻烦，他处处小心；遇事忍让总归是没错的。他一味地压低姿态，低到了不能再低的地步。可那个流氓无赖本性难移，完全不知收敛，反而变本加厉。"他才不会讲什么法律。谁又能和一个黑心肝的人理论呢？而且我也没胆……"这样下去，最后只能动手解决，结果必然招致更加不公正的灾祸。他甚至无处申诉："神父之父"那种地方，是没有法律的。他的妻子连家门都再也不能踏出一步，因为那个男人总会冒出来，用眼神侵犯她，还提出下流的要求。"情况只会越来越糟，都怪那个蛮不讲理的外地人……"他一直弓着背，半歪着坐在椅子上，似乎随时会跌下来。我朋友为他打气："那家伙嚣张得很哪！"他这才把帽子放在腿上，坐直了身子。

他们接连不断地遭受惊吓与屈辱，终于别无选择。他和妻子决定搬走。"像我们这样的穷人，搬家是件很困难的事情，要舍下许多东西。我们根本舍不得离开'神父之父'，我们在村里的人缘很好。"可是，要遵循上帝的旨意，又要不触犯法律，也只好如此了。"我搬去了安帕罗[1]村……"他们在安帕罗弄到了一间小屋、一块农田和一片菜园。然而，那个男人阴魂不散，没多久就跟了过来，也在那儿住下，依然劣性难改。他的偏

---

[1] 意为庇护所。

执逐渐化作一股可怕至极的力量，令所有人都感到恐惧。若泽·森特拉尔费和他的妻子被迫付出了更大的代价，几乎是偷偷摸摸地，才得以再次逃离，心中苦不堪言。

全都是因为那家伙。"狗东西！"我朋友喝道，一边走过去，仔细将墙上一支挂歪的卡宾枪摆正。要知道，那客厅里挂得满满当当：步枪、手枪、霰弹枪——这景象在别处可难得一见。"这把枪射得可远了……"他说，然后笑了，笑得相当阴险。但他又坐了回去，冲着若泽·森特拉尔费愉快地微笑。

然而，小个子男人的脸却蒙上了更深的阴影。

他要哭了吗?

他说："我们来到了这里，他就也追着来了，让我们不得安生。太闹心了。那个男人一直盯着我。无论我去哪儿，他都会过来挡道……我只能小心再小心，不去和他起冲突。"他停顿了许久，随后第一次提高了嗓门："他凭什么可以干这么出格的事? 能告他吗? 能传他上法庭吗? 他坏主意多，我知道。这是在城里，都说城里每个人都能为自己的权利争一争。我是很穷，可我就想讨个公道……"他说完这么多，又闭上了嘴，保持着适度的沉默；他乞求着，用小狗一样的眼神。

我朋友做了一件事。他转过半边脸，面向那支卡宾枪。他十分严肃，将那一分钟变得无比凝重。仅此而已，一个字都没说。我朋友看向那支枪的目光越发坚定，同时又往小个子男人的方向扫了好几眼。这么做似乎是想叫他也过来看看，给他好好上一课。可他还是没能领会我朋友的暗示。于是，他直截了当地问了出来："那该怎么办呢我？"

我朋友只作充耳不闻，像只哑鸭[1]似的。他朝手指吹了口气，眼睛始终盯着墙上的那支枪，同时用余光瞥向那人——就这样几次三番，终于奏效了。小个子男人睁大了眼睛——这才醒悟过来。只要看向这真正该看的地方，他就能一下子明白：这才是破局之法。他果然明白了。他说："哦。"然后笑了：笑这整件事的前因后果。好了，他站起身，要如何行事，心里已经有了决断。

他不再迷茫，便准备离开。他道了谢，精神焕发，似乎从他的守护神那里得到了力量。他正要走，我朋友只是又问了一句："你想喝咖啡……还是来点儿甘蔗酒？"那人慎重考虑之后说："行，我……待会儿喝。"二人没再多说什么。我朋友握了握他的手。是的，若泽·森特拉尔费走了。

我朋友那么喜欢替人撑腰，难道真就由着他去单打

---

[1] 学名疣鼻栖鸭，原产于巴西，飞行和栖息时一般不会发出叫声，只在雄性争斗时发出侵略性的嘶嘶声。

独斗了？我朋友评价道："是用枪托还是枪管……"小个子男人那么不堪一击，就是个无用的胆小鬼——他挑得起这千斤重担吗？我朋友还真是乱局的主宰，从不嫌事大。然而，他检查了自己的枪，看看枪膛是否上满子弹。他说："跟上我们的阿喀琉斯，他需要帮助……"好吧好吧。

我们跟了上去。

他走得很快。

我们只得两步并作一步走。

然后——突然之间，情势急转直下：那个赫拉库利南突兀地从另一边走来，仿佛命中注定。我朋友喷了下鼻子，像猎犬一样，这是他闻到火药味时下意识的习惯。

再然后……枪响了：火花如天使般飞速闪过；死去的赫拉库利南轰然瘫倒，横在大街中央，有什么东西赫然出现在他那双非人的眼睛之间，陷了进去。子弹的轨迹不可捉摸。哦，生命，你是多么美丽而短暂！

可是，共有三人拔枪，却只听得两声枪响？没来得及开枪的只有赫拉库利南一人。另一颗子弹，打中了他的心脏。他也太慢了。

森特拉尔费补了一句："这个该死的犹大……"

我朋友却没有。他发出一个多音节的"哦"，并未耗费一丝情感。他说："一切不都早已在预言中写就了吗？今日，正是这个男人的死期。古希腊人……"他说，"但是……命运的必然性如同美杜莎，也有着青铜之手……"他说，"抗拒逮捕，事实确凿……"死者的确说过"不"，是个形而上的"不"。

没有质疑，没有反对，我朋友即刻安排人手，将赫拉库利南抬走，埋去了他该埋的地方。

接着，他请我们去吃午饭，请的主要是阿泽·森特拉尔费。

我朋友沉思良久。然后说道："我们这片土地是无人生活的土地。这，就是证明……"一语中的。

白　鹭

它们与我们是老相识了。每年大约入冬的时节，它们总会双双出现，频频光顾。它俩是一对儿，从下游、从北边，沿河长途一路飞行——最后停留在西里明河谷。它们只会在这片小小的谷地待上一小段时日，等几周以后，过了季节，就即刻返程，同样沿着河、向着北，翅膀平举，高飞而去，与天际连成一线。应当是正值求偶期，它们的羽毛才会那样洁净无垢；为此，它们发出丝毫算不上动听的鸣叫声，温柔地彼此示爱。它们是大白鹭，纯白得过分，像新娘一样。它们总是出其不意，在没人想起的时候出现。突然出现：是的，那对白鹭只会以这样的方式到来。此后每次见到它们，大家都越发喜欢。没有别的缘故，仅仅是因为它们的存在本身——那令人不觉沉溺其中的白，使得草木绿得更绿，天空蓝得更蓝，通通透透，无遮无瑕。它们会来，只是因为它们想来，却逐渐成了我们的一部分。白鹭的到访，或许还有别样的讯息。

　　那一年，同样如此这般。很久以前的事了，实在过了太久，应该是六月吧，还是七月来着。早晨你刚一醒来，它们就已经将自己收拾妥当，稳稳地站到了那片广阔的滩涂正中。那里从来少不了它们爱吃的鱼：一大群一大群肚子胖嘟嘟的小鱼，还有青蛙、蟾蜍、树蛙和其他动来动去的小动物。白鹭用喙在泥沼中翻动，精准非常。它们在滩涂上漫步，一路顺着西里明河下行，守着西里明河捕食。它们甚至还会晃悠到菜园的沟渠和小水坑里，总惹得若阿金发脾气，他担心自己种的菜会被糟蹋。"去！去！"他追着驱赶它们，把它们吓跑。而它们也总是结伴："哑！哑！"转眼就上了天。它们会低飞一小阵儿，或远远地悬在半空，轻盈地沿着某种轨道盘旋，自上而下监看水稻田里的所有生灵。它们滑翔经过佩德罗身边。"哎哟！这鸟可真怪……"他有他自己的称赞方式。它们又斜斜地折回，几乎是突然间掉转方向，直直地朝这边飞来，噼里啪啦地拍打翅膀准备降落，紧贴着掠过厨房屋顶，搅起一阵风。"天！我从没有这么近地看到过这东西……"玛丽亚·埃娃惊叹道，终归还是露出了笑容。小洛拉和卢西亚放下了玩具——正相反，卢西亚生得很黑很黑。"它们以后会变乖吗？它们想继续和我们住一起吗？"小洛拉认真地说。

黑黑吠叫着，追赶它们投在地上的影子，拉得长长的，倏忽间一闪而过。她落在后面，望着它们，它们在天上，飞得迅捷无比，每次振翅，都十分相宜，彼此之间，唯有白色。黑黑，那样黑；白鹭——那样白。再远些，直到滩涂的边缘，它们的身影被草丛与野灌木分割。那里是一片沉思的聚落，芦苇或稻谷如帘布般将它们遮蔽。两个白点消失又出现，跃动在四野的稠密当中——特立独行的白。倘若将脸庞安枕其上，或许可以睡进另一个梦乡。它们迫使我们的目光紧追不放，直到那厚重的乳汁将眼睛也染成了白色。它们像被世界遗忘，又像蓄势待发，单脚站得笔直，另一条黑色的长腿蜷起，模仿着某种无休止的意味。它们就这样在一面面小水镜中打量自己，断断续续，浅尝辄止。连着几个钟头，就只有它俩。然而——咻！鸟喙冷不丁地刺出，夹起，滴落：在四散的鱼群中，它们也总能一击即中，没有哪条小鱼能够逃脱。如此，又一次。然后，它们会突然从绿地上升起，翩翩然，像是被风吹动，一开始并不高，接着飞高了，依旧十分平稳，像旋转木马一样，晃晃悠悠地打着圈儿，却不会掉出松软的枕头窝。跟随它们，是多么愉快的一件事：白鹭飞翔着，缓缓拍打翅膀。黑黑吠叫着，显得很烦躁。

"它们和树葡萄是相反的吗？"……小洛拉这样定义它们。大家都知道，伊蕾内想要一根白鹭的羽毛，她曾经毫无章法地架起几张巨大的捕鸟网，试图逮到它们。还有登戈，他扬起下巴，停下手里给花园除草的锄头："都说白鹭肉不好吃，这肉柴，柴得很呢，还有鱼腥味儿……"于是，它们飞过棕腹鹀的竹林，却宁肯降落在水光粼粼的菜园里。一只从高处飞下，脚直挺挺地伸着，翅膀半收，似铅锤，似销钉，就这样直升机般笔直地降落。而另一只抢了先，早已着了地，可它并没有稳稳当当地直接落下，不，它会像只秃鹫一样，蹦跶三小下——噗！噗！噗！——有时倒把人吓一大跳。若阿金嘟囔着，终于承认：他其实也不讨厌它们，因为只要它们来了，就肯定会下一场好雨。那对白鹭时而贴近，时而远离，不疾不徐地行走在菜畦之间，那两双腿同样地乌黑纤细，抬起一条，爪子便被拎得老高，脚趾向内蜷起：啵！正如小洛拉描述的那样。

黑黑专等着它们来，一边叫一边跑，竖起耳朵，一阵儿一阵儿地往前冲。然而，就在跑过那座由四根竹子搭成的滑溜溜的小桥时，她情急之下打了个趔趄，心里火急火燎，腿却陷了进去。得以脱身之前，她只能一直困在那儿，硕大的身躯被死死卡住，四爪虚虚地划着水，却碰不到河底，也够不着河岸。与此同时，那对白鹭突然飞了起来，定下方向之后，只一振翅，就已经远去：它们是追着雨在飞。它们越过若阿金·塞雷诺的后院，又回到这里，回到安托尼奥的后院，然后在河边一处沙滩降落——坠落，就像是被沙滩接住了一般。正是它们造就了五月、欢乐、处子、真理，那毋庸置疑的白色。它们会在那里待上很久，而且会到处走。只是几乎从不去桥下放牧牛群的草甸，下了雨，那儿西里明河的水位会涨高一些，水流更加湍急，小鱼也就少了许多，或是变得更加警觉，不愿久留。

它们就睡在滩涂上，或岸边的石头上，或大块的河心岛上。还有若阿金屋后的大树上，那是棵腰果树，现如今被砍掉了，只剩下树桩。一连七日，它们都待在那些地方，兀自仿若白雪。有时它们会离开一阵子，到底多久也只有它们自己知道；但到了傍晚，它们总会回来。

可那之后，就不再是这样了。

有一天下午，它们迟了很久才回来，而且只回来了一只。是它老婆，母的那只——佩德罗懂这些，在一旁为我说明。那另一只呢，去了哪里？它没出现，最好的情况也是迷了路。另一只——公的那只——其实已经被杀了。后来，克里斯托旺只是简单告诉佩德罗：外面有个男的说，他前段时间吃了只"白颜色的畜生"。

那只独自回来的，先是去到所有那些地方的上空，转着圈儿飞。它肯定累坏了，这才降落下来；它像熊猫一样笨拙地跌落，重重地，软软地，渴求着某种庇护。它昂着头，纹丝不动，像往常一样，在滩涂中央雪白着，端庄依旧。它多么像一朵巨大的百合花蕾，只是倒扣着——被花茎牢牢钉在地上。有时所有人都能听见它徒劳地呼唤伴侣：嘎啦嘎啦的、喑哑的嘶吼，如喉咙里的呜咽。是的，都能听见。天凉了，起风了，入夜了。于是，它再一次开始飞行，迷失，破碎，找寻——凄凄又切切。一只白鹭独飞，并不是一对白鹭双飞的一半，而是缺席在徘徊，是思念在高高盘旋——背后是整张天空。

不过，那件事又要到三天之后了。

早上，小洛拉和卢西亚来到佩德罗家，要拿一只鸡和一打鸡蛋。就在走过西里明河边、桥后面那棵番石榴树时，她们似乎听见了几声微弱的鸟鸣，很轻很轻："咯，咯。"然而，她们带着鸡和蛋原路返回时，那声音成了愤怒的叫嚷："嘎！嘎！"嘎嘎的叫声越发激烈。

她们费了好大劲儿才找到。它掉到了草丛中央，栽倒在石洞旁那棵番石榴树下，缠进了藤蔓里，动弹不得——正是那只孤单的白鹭。草丛里，血迹斑斑。它的模样凄惨无比。一只翅膀耷拉着，彻底断了。即便如此，它还在竭力自卫，耸着羽毛，不停地尖叫，狠命乱啄一气。

必须把它救出来。两个小女孩鼓起了勇气。卢西亚抓住它倔强梗着的粗脖子，好让它直起身；小洛拉则擒住翅膀——完好的那只和折断的那只。还是挺沉的。白鹭半是屈服半是不驯，总想回过身来啄人。只在间歇时，会叫上一两声，像鸭子叫；它在恸歌。

它被带去了屋后的小院，所有人都围了上来，却不知该如何是好。它一只翅膀不中用了，只能垂着，无法平衡身体，站都站不起来。它横陈在地，软绵绵的，一动也不动。但它不再叫唤，只是飘忽而缓斜地看着我们，那一双眼睛黄绿交杂，小小的脑袋像蛇头一样扁平。整只翅膀已然撕裂，缺了大约四根骨节，只剩下少许皮肤与躯干相连。到底是多么凶恶贪婪的猎鹭禽兽，又长着多么锋利的獠牙，才会把它伤成这样呢？不过，它吃掉了两三条小鱼，是小洛拉和卢西亚去西里明河用筛网捞来的。然后怎么办？

西西和小马诺觉得：必须割掉那只断翅，否则会拖累得它活不成的。而妈妈、小洛拉和卢西亚都不同意，不行。众人争执不下，谁都没能把大家说服，最终还是抽签做了决定。于是，西西拿来剪刀，对着那块粘连的皮稍稍一剪，断翅就掉到了地上。我们的白鹭摆脱了负累，剧烈动弹了一下，接着抖擞全身，走了起来——恬怡、憔悴而愉悦。黑黑还是对白鹭充满敌意，她赌气站得老远，光拿眼睛望向这边，无声地发着牢骚。

他们只得将它送去菜园的一条水渠，在那里，它可以捉鱼吃，或者静静等待，也可以在附近蹒跚行走，只是因为行动不便，越发地胆怯和戒备。如今对于它，广阔的滩涂成了遥不可及的远方。不过，它还是会在若阿金家的小水坑和沟渠里到处走，尽管郁郁寡欢，但终究默认了这一切。无论是将脑袋埋进那团蓬起的白色，还是伸展直立，它始终那样纤尘不染，孤单而瘦长。它会将喙伸向水里，逮住，夹起，吞下。它的喙十分坚硬，呈橙粉色。——它再也没有呼唤过它的伴侣。

每天下午，大家都会去看它。我们给它搭了个稻草窝，就在厨房门口的棚子里。"这下它再也不会走了，它会留在我们身边，我们是一家人了……"小洛拉信誓旦旦地说，也是在安慰自己。

就这样过了两天。

第三天，它死了。

好吧，其实它下午就已经倒在了水边，身体僵硬而冰冷。白鹭凋谢了，死得很白。

小洛拉和卢西亚把它带了回来，最后一次。卢西亚抱着它，假装它还活着，似乎怕它还会突然啄人似的，显得有些滑稽。她怀中是一团白色，完完全全、坦坦荡荡的白色，纯洁无瑕。登戈把它埋在了西里明河边高大的竹子底下，鸟、狗和猫总是埋在那儿，只是没有墓碑。

后来，有行家说：它死于寒冷和肺炎，因为少了只翅膀，就像没了件夹克一样，无法保暖。行家是来给黑黑看病的，她有只眼睛出了问题，又红又肿，几乎已经失明；黑黑一直都是条好狗。行家说是有什么尖锐的东西刺伤了她那只眼睛：比如刀尖，或是鸟的喙尖。

大家总会想起那对白鹭。它们每年是从北方什么地方沿河飞来的呢？那只白鹭，那对白鹭，我们的白鹭，再也不会到来。可叹啊，它们是过于白亮的斑点，衬托出太多黑暗。

达戈贝兄弟

真是个天大的不幸。这里是达马斯托尔·达戈贝的灵堂，他是恶霸四兄弟里的大哥。房子倒不小，可前来守灵的人群还是挤得不行。大家都宁愿挤在死人旁边，毕竟多少还是有些害怕那三个活着的。

　　达戈贝兄弟，那帮大坏蛋哪，真是坏透了。他们四个形影不离，却也不见得感情有多好，家里没个女人，也没别的亲戚，全是刚死的那位说了算。他才是最坏的那个，是老大，是暴君，是导师，是他把弟弟们硬拽上了那条臭名昭著的道路——"小兔崽子"，他总这么粗鲁地喊他们。

　　可是，现在他死了，今时不同往日，他再也构不成威胁了——被蜡烛点亮、被花朵簇拥的他，只落得一副不情不愿的怪相，一个食人鱼下巴，一只歪七扭八的鼻子，还有一生的斑斑劣迹。而在那三个服丧的兄弟眼皮子底下，大家还是不得不对他毕恭毕敬。

　　时不时会端上些咖啡、热甘蔗酒、爆米花什么的，这是惯常的规矩。窸窸窣窣的谈话声单调而轻微，人们三五成群，或在昏暗处，或在大大小小的灯光里。外头的天完全黑了，刚下过一阵小雨。偶尔有人嗓门大了些，会立马压低声音，心生愧悔，察觉到自己失了分寸。总之，这场守灵仪式与别家的没什么两样，全都按着当地习俗。只是一切都笼罩在令人恐慌的氛围当中。

事情是这样的：有个一向敦厚忍让、不大起眼的老实人，名叫利奥若尔热，如今大家都对他肃然起敬，因为就是他将达马斯托尔·达戈贝送去了亡者的无尽之地。不知为了什么缘故，达戈贝曾威胁说要割掉他两只耳朵。于是那天达戈贝一瞅见他，就冲了过去，手里还拿着匕首和尖刺。可这个沉默寡言的小伙子，也不知从哪儿弄来了一把加鲁查手枪[1]，对准达戈贝的胸腔中间就是一枪，打中了他心脏朝上一点。那家伙就这样送了命。

可是又过了许久，人们很惊讶地发现，那三兄弟并没有采取任何报复行动，倒是着急忙慌地去安排了守灵和葬礼。真是奇怪。

更何况，那个可怜的利奥若尔热明明还在村子里，他孤身在家听天由命，已经做好了最坏的打算，哪儿都不想去。

这又是怎么一回事呢？三个还活着的达戈贝兄弟守着应有的礼数，面容平和，虽不至于开心到了手舞足蹈

---

[1] 一种小型手枪。作为左轮手枪的廉价替代品，这种武器在20世纪初巴西和阿根廷的高乔人中十分流行，其特点是枪管短，有一个或两个枪管，每管仅有一发子弹。

的地步，但看起来心情还不错。尤其是老幺德尔沃，他四处走来走去，殷勤地招呼着每一个刚到门口或已经进屋的客人："招待不周，见谅见谅……"现如今成了老大的多里康，已经接替达马斯托尔摆出了长兄的威严，身材与他哥一样地壮硕，介乎狮子与骡子之间，下巴也是地包天，一双小眼睛淬满了阴毒；他抬头仰望，格外庄重地祈祷着："愿上帝接纳他！"老二迪斯蒙多是个英俊的男人，他怀着悲痛而克制的虔诚，望向桌子上的遗体："我的好大哥啊……"

而实际上，死去的那家伙不仅极其贪财吝啬——这么说还算是轻的了，而且专横跋扈，心狠手辣。人人都知道他留下了一大笔钱，全是钞票，就放在一个箱子里。

没人会信他们三兄弟装出来的这副模样：这要是真的，那就见鬼了。他们清楚要装到什么时候，也清楚到时候要干啥。就像美洲豹捕猎似的。且瞧着吧。他们只是想一步一步来，慢悠悠地，一点也不着急。血债当然要血偿，但在这个晚上，在这几个小时里，为表对死者的敬重，他们可以暂时把枪放下，假装无害。等葬礼一结束，是的，他们就会立马逮住利奥若尔热，然后干掉他。

众人在角落里议论着这些，舌头和嘴唇一刻都没闲着，声音轻得如同耳语，心下惶惶不安。那几个可是达戈贝兄弟呀，他们只是看上去野蛮粗鲁，其实也相当狡猾，知道要把滚烫的炭火藏在陶罐里，而且有仇必报，什么都逃不出他们的掌心：看得出来，他们早已有了打算。正因如此，他们那副阴险又得意的嘴脸掩都掩不住，就差笑出声了。他们似乎已经开始品尝那流淌的鲜血。每每寻着机会，三兄弟就悄咪咪地凑到窗边一角，小声密谋起来，一边还喝着酒。他们仨之间从来不会隔得太远：到底是在提防什么呢？时不时会有他们信得过的熟人走上前去——悄悄地为他们传递消息。

太可怕了！在这个雨后的夜晚，人们来来往往，谈论的始终是那个叫利奥若尔热的小伙子，他因正当防卫成了杀人犯，达马斯托尔·达戈贝就是在他手底下命丧黄泉。守灵的人全都知道了这件事，一直有人在交头接耳，消息就这样慢慢传了开来：利奥若尔热正独自待在家里，身边一个人也没有，难不成他疯了？他肯定是没想到也没胆子趁机逃跑，当然，逃了也没用——无论他逃到哪里，三兄弟用不了多久就能抓到他。反抗没用，逃跑没用，什么都没用。想必他这会儿正缩成一团蹲在地上，面色如土：他肯定被恐惧浸湿了全身，没有帮手，没有胆量，没有武器。差不多已经可以为他的亡魂祈祷了！然而，事情偏偏却……

这些只是人们最初的猜测。接着，有人从外边回来，给死者的家里人捎来了口信。大概意思是说，利奥若尔热那小伙子，那个胆大包天的庄稼汉，他发誓根本没想杀害任何一个基督教的兄弟，自己直到最后一刻才扣下扳机，纯粹是为了保命，说到底还是造化弄人！他说他是满怀着敬意开的枪。而且，为了证明这一切，他鼓足勇气，准备赤手空拳，孤身站到三兄弟面前，从而宣告自己问心无愧，他是诚心要来的，前提是他们也愿意诚心相待。

人们惊得脸色苍白。还有这种事？那利奥若尔热一定是给吓疯了，他的命运早已注定。可他真能有哪怕半分的胆量吗？他要是敢来，那就像是从油锅跳进了火坑。想到另一桩事，大家更是毛骨悚然——谁都清楚，当凶手出现时，被他杀害的人就会再次淌血！这世道，还真是。更何况，这地方连个警察都没有。

人们偷觑着达戈贝兄弟，而那三个只是眨着眼睛。接着只听到一句："随他吧……"迪斯蒙多说。德尔沃更加客气："请他自便！"尽显主人家的风度。还有高大魁梧、不苟言笑的多里康。他只是一言不发，比先前更加严肃。周围人怕得要命，于是又灌了几口热甘蔗酒。刚刚又下过了一阵雨。一场守灵仪式，有时候，竟也会显得如此漫长。

刚得了最新消息。还在磕磕巴巴偷着打听的人赶紧闭了嘴。又有几人带话过来了。他们到底是来息事宁人的，还是来煽风点火的啊？这提议也太离谱了！他们说：利奥若尔热主动提出要帮忙抬棺材……没听错吧？一个疯子——对上三个发狂的禽兽，都已经这样了，还嫌不够糟吗?

接下来的事谁都没想到:多里康胡乱地挥了挥手,终于发话了。他的语气很淡漠,睁大的双眼里也是冷冷的。那好,让他来——他说——等棺材盖上了再来。一波未平,一波又起。总会有这种出人意料的事情发生。

万一……万一?再等等,就要看到了。阴翳重重压在众人心头,起码是有某种恐惧感在蔓延。一个又一个钟头过去,前景始终未卜。天慢慢亮了。已是第二天早晨。遗体都有些发臭了。哎哟。

没搞什么大排场,棺材就这样盖上了,没怎么讲究。棺材盖子很长。达戈贝三兄弟的眼中充满仇恨——想必是恨透了利奥若尔热吧。人们这般想着,又交头接耳起来。灵堂各处都在咕咕哝哝地响着:"时候到了,他要来了……"以及其他一些短促的词句。

他真的来了。所有人不由得将两只眼睛睁得老大。利奥若尔热这小伙儿个子倒挺高,可看上去已经完全丢了魂。他不怎么精神,显然也不打算来干架。他这个样子,更像是豁出了性命,顺从地前来赴死。他走向三人:"与耶稣同在!"无比决绝。然后?然后就这样了。德尔沃,迪斯蒙多,还有多里康,那个人模人样的恶魔,不知哪个说了句什么,类似"嗯……哦!"之类,这叫什么事儿啊。

棺材上有把手,方便人抬,两边各要有三个男人。

利奥若尔热抓着把手，站在左侧最前头——是他们叫他站那儿的。他被达戈贝兄弟包围，被仇恨环绕。于是，送葬队伍缓缓出发，再如何无休无止，也终于到头了。队伍并不整齐，一小撮一小撮地走着，看起来人不算太多。整条街泥泞不堪。爱凑热闹的走前面，胆子小的走后面，眼睛却都只敢盯着路面。棺材在最前头，自然而然地轻轻晃动。达戈贝兄弟在一旁阴恻恻地跟着。利奥若尔热被夹在中间。终于要下葬了。队伍继续走着。

一步再一步，步步慎之又慎。脚步交错间，大家或低语或噤声，明白彼此都有一肚子话想问。利奥若尔热这家伙，是逃不掉了。他只能摆正自己的位置：夹起尾巴认命。他很勇敢，但已没有了回头路。他抬着棺材，好像仆从一般。棺材似乎很沉。达戈贝三兄弟都带了枪。他们随时可以动手，眼睛早已盯准了目标。大家没去看他们，但也猜得到。这时下起一阵毛毛雨，渐渐濡湿了脸庞与衣衫。利奥若尔热——妈呀他居然！——瞧他一步步走得那样隐忍，安静得就像个奴隶。他还在祈祷吗？他似乎已经感知不到自己的肢体，只是一具行尸走肉。

接下来的事，大家都已经料到了：等棺材一放进坟墓，他们就会立刻拿枪崩了他，连一句祷告词都不会让他说完。毛毛雨快要停了。不是还要去教堂吗？不，这地方没有神父。

队伍继续前行。

就这样走进了墓地。"人人终将来此长眠"，大门上挂着几个大字。人群瑟缩着挤在墓坑四周的泥泞中，许多人不停地在往后挪，随时准备逃之夭夭。情势一触即发。没再举行什么仪式来告别达马斯托尔，这位故去的达戈贝。棺材埋得很深，用结实的绳子绑着，稳稳当当地放了下去。再盖上泥土，一锹接着一锹，那声音让所有人心惊胆战。那，现在呢？

小伙子利奥若尔热在等，魂儿已经溜出了身体。他眼里是否只剩下自己那近在鼻端的结局——被埋到七拃黄土之下？他投去苦涩的目光。投向那三兄弟。沉默渐渐绞紧。迪斯蒙多和德尔沃这俩，都等着多里康。突然——来了来了：男人松了松肩膀，难不成他是这会儿才在满场人里发现那位？

多里康瞥了对方一眼。他的手伸向腰带了吧？没。大家之前都这么以为，于是料错了他的动作。他只有嘴巴动了。突然听见他说："小子，走你的吧，回去歇着。其实我那去了的大哥才真是该下地狱的魔鬼……"

他低低说着，声音很难听。但随后他就转向了场间众人。他的两个兄弟也同样。他们一起，向所有人道谢。倒不是说他们一点都没笑，只是太着忙了。他们甩了甩脚上的泥巴，又擦了擦脸上的雨水。多里康急着要走，最后补了句："我们要走了，去大城市里住……"葬礼结束。又一场雨下了起来。

那些个洛佩斯

他们都是坏东西，坏到骨子里的坏；我只想离他们远远的。也包括我那三个儿子。我现在很自由，没觉着自己岁数大，也没觉着自己不中用，岁数大有大的好处。我爱一个男人，他一天到晚都在夸我的好处，还馋得直流口水。如今我要幸福，要实实在在的幸福，无论是受罪还是享乐，怎样都好。我要大声说话。哪个洛佩斯都别来找我，我会龇着牙把他撵走。以前那些事，我不过是装装样子，慢慢地也就都忘了。我还找到了埋在心里最深处的东西。那是世界上最好的东西：处子之心。

然而，在一开始，每个人的故事都是别人安排好的。

我还小的时候，总觉着自己穿得像朵花。只是很早我就发现，没钱才是大问题。有爹有妈又怎样，我不还是个被金钱抛弃的孤儿吗？后来我长成了少女，却依然天真无邪，唱玩耍时的儿歌，也唱忧伤的小情歌。我不要"弗劳西娜"这个名字，我想叫"Miss玛丽亚"。

上帝在我白皙的下巴上点了这颗小小的黑痣——我的脸蛋很美，哪怕映在猪食槽的泔水里，也还是很美。然后那个姓洛佩斯的来了，帽子大大的，帽檐软塌塌的。姓洛佩斯的没一个好东西；而他，泽·洛佩斯，横行霸道的浪荡子，就是最坏的那个。他看着我：我就那样被窥视着、打量着，身体不由得发抖。

他骑马从我家门口经过，我父母向他问好，脸上却是不同于往常的凝重神情。那些个洛佩斯，都是一个种，他们从别的河域搬来这里，什么都要，什么都抢，要不是上帝保佑，他们至今还会在这儿作威作福呢。大家只能卑微着，顺从着，就像花苞一样。母亲和父亲也没能为我出头。

我一小块、一小块地记起来了。

我连哭都没来得及哭，结婚至少要有嫁妆吧，像别的女孩子一样，我总做着新娘梦。而我得到了什么？没有婚礼，也没有教堂。那个男人抓着我，用滚烫的手掌和短粗的手臂，把我带进了一栋房子，摁在了他床上。我学得更懂事了，咽下了许多次哭泣，忍下了那桩皮肉之事。

我做了他要我做的：上上下下费了好一番唇舌。看吧，恶魔在一些男人耳边吹个风，他们就去追逐这种自己幻想出来的东西。那些个洛佩斯！——跟着他们，捡不着一根草，喝不到一口奶。他给了我钱，假装很好心，我说:"原本我有三文钱[1],现在我有四文钱了……"他听了倒是很满意,浑不知我是在主动出击,暗自盘算。

他在家里留了个瘦瘦的黑仆监视我,叫阿娜嫂。我懂了:得要些小聪明,好好哄着这位,于是我一口一个"好干妈""好姐姐"地唤她。我想方设法把日子过得看上去平平整整。只有躺下了,穿着那见鬼的睡衣,我才觉得世上的一切都无关紧要。

没人会去想那是什么滋味:整夜缩在木板床一角,被另一个硕大的身躯死死围住,他的粗鲁,他的体臭,他的鼾声,无论哪一样都是外来的侵犯。像我这种柔弱的姑娘,就只能夜夜被困在黑暗中,被那家伙紧贴着,被压得喘不过气。那个邪恶的男人分娩着隐秘的心思,正如一天吃掉另一天,我哪里知道他连鼾声里也存了邪念?那些东西沾染了新娘的纯白,像疾病一样攀附而上,将人的灵魂直直刺透。当然,同样确凿无疑的是,如今的我已成为前所未有的自己。那时的我被挤压得越来越小,我的指甲在墙上画刻祷告,祈求缝隙能再大些。

我画的是字母。我得学会读书写字,但要偷偷地

---

[1] 一种小银币,最早在葡萄牙国王佩德罗二世统治巴西时期开始使用。根据习俗,女孩在婚前会佩戴一枚三文钱银币作为护身符,并在结婚时将其交给丈夫,表示新娘把自己的贞洁交给了丈夫。俗语"拿走三文钱"意为失去童贞。

学。于是我开始了——靠着用来包东西的报纸学，也跟着上学的孩子们一起学。

还有钱，我要钱。

但凡能拿过来的，我就都从他那儿拿过来，自己存着，一点一点地攒，契据也都搞到手。他毫无防备，我便这样富了起来。更何况，我还给他生了个儿子，那之后他就完全信任我了，基本上是吧。他赶走了那个黑仆阿娜嫂，因为我告了她的黑状，说她老是怂恿我把身子交给另一个男人，他也姓洛佩斯——那个洛佩斯很快就不知所终了，没人知道怎么回事。

人说：话听一半，领悟翻番。我变成了一条蛇崽子。我会在甘蔗酒里放黑葫芦籽，每次只放一点点；还会往咖啡里掺毒鱼藤和白裙花。只是平息一下他那不受控的欲求而已，我不觉得这是什么罪过。用了这些东西，一个男人也能变得绵软好性儿。后来，他的脸变得黄黄的，像刚生下来的鸸鹋蛋。没费多少力气，他就死了。我这辈子，死亡总是如影随形。葬礼之后，我把家里打扫干净，把垃圾扔到了路上。

而那些个洛佩斯能让我安生吗？

他们中有两个，分别是死者的堂兄弟和亲兄弟，硬邦邦地来找我索求。我徒劳地挣扎，想摆脱这两只花斑野兽。一个叫大尼科，威胁着给我定了个期限："头月弥撒之后，你给我等着……"可是另一个，那位塞尔托里奥先生，他手里有金子也有匕首，头七没过就闯进了我家。我还是想办法熬了过来。可我的生活呢，还由我主宰吗？许多年里，我一直温顺地屈从着，很辛苦，辛苦得就像要用细嘴葫芦[1]去接雨水，或者要把白菜丝切得很细很细。

他俩都太想要我，相互争风吃醋。他们非要这样，我也就准了。大尼科老在房子周围转悠。我生下的那两个孩子真是塞尔托里奥的吗？总之，无论他原先有啥，全都被我弄了来，麻溜地变作自己手里的东西，包括他的名声。我还体验到了从未有过的优雅享受——但只有在我的花园里，独自一人的时候。我越来越像个少女了。

我倚着窗，嘴角勾着笑，我很好说话的，而且很讲公正。就这样等着某天那个念头变得坚硬无比。我一早就知道，他可是个洛佩斯啊：冲动鲁莽，性如烈火，像沸出锅的开水。我看见他气哼哼地出了门，整个人都被愤怒包裹，口袋里塞满了污言秽语。此前我给另一位递过些信，信里浸透了甜蜜。我那段时间里的笑容还很起作用的。我的两道闪电狭路相逢，好汉对好汉，真刀真枪地干了起来。大尼科当时便死了。塞尔托里奥又撑了几天。我按着习俗失声痛哭，别人劝都劝不住，以此

---

[1] 在巴西俚语中，葫芦也有"处女膜"的含义。

博得了所有人的同情：真可怜，都做了两回半还是三回的寡妇了。葬礼就办在我家地界的边上。

然而，还是剩了一个，还是得我应付。是索罗卡巴诺·洛佩斯，家产雄厚的老滑头。他看见我后，满脑子都是我。我愉快地接受了他，他不过是个要人抚慰的小可怜。我要求道："从今往后，要结婚，就得真真正正地结！"他心热如沸地答应下来——可对他这把年纪的男人来讲，这事简直就是扣子扣错了洞眼。我待这个洛佩斯可太好了，好得多，他的欲求都得到了满足。

为此，我一个头得劈成两半使：又要给他准备丰盛油腻的美食，又要陪他度过无休无止的欢愉时光——这老家伙在浓情蜜意中咀嚼着、吮吸着，哼哼唧唧地吞咽着、亲吻着。一切美好的东西总是有害也有益。反正后来死的人是他。于是，我甚至没有感到丝毫愧疚，便把他那么多家产全都继承了过来。

好在如今我终于报完了仇。那帮姓洛佩斯的坏种都死光了。至于我的儿子们，他们也姓洛佩斯，我预备了一笔钱，让他们赶着牛羊走得远远的。我放下了争斗，因为我找到了爱情。有人看不惯，我却不觉得。我爱他，真的。说我年纪都能当他妈了，省省吧，我是那种数着日历过日子的人吗？

我的身体可不是那么容易由他摆布的。不过，就为了我自己，我也想再生几个，希望这新一辈的孩子，能够安稳过日子。我想要自己从未烤过的好味一口糕[1]，我想要心思细腻的身边人。哪怕我现在已经得到了补偿，看透了一切，可我还是放不下过去的事情，那又有什么用？从前有一天，我还是个很小很小的小女孩……每个人活着都是为了某种用处。而那些个洛佩斯呢，啥也不是！——我痛恨他们。

---

[1] 一种由糖、蛋黄、干酪、椰子碎等制成的巴西传统甜食，类似小纸杯蛋糕，是许多巴西人童年的味道。

声名狼藉

这件事发生得莫名其妙。谁能料到这么没头没尾的事情呢？当时我就在家里，整个村子安安静静。一阵马蹄声在我家门口停了下来。我走到窗边。

是几位骑手。再仔细看看，应该说：是一位骑手，他往我家门前站得极近，不偏不倚，正好停在那儿；还有三个骑马的人，在侧边挤作一团。只一眼，我便瞧出来，这阵仗非比寻常。我的神经一下绷紧了。这位骑手他——嘿哟这哥们儿真是，长得可一点都不面善。我知道一个人的面相能够说明很多东西。那个男人去而复返，命中注定要死于争斗。他朝我干巴巴地打了个招呼，短促而沉重。他骑着一匹高头大马，枣红马，鞍辔齐整，蹄铁结实，跑得浑身是汗。我心中生出巨大的疑惑。

没有人下马。在一旁丧里丧气的那三个，几乎都没怎么看我，仿佛也没看任何地方。他们看上去总想逃跑，就像一支溃散的部队，没精打采，只是被逼无奈——没错，他们像是被逼着来的。所以才有了眼下这般景象：那骑手颇有算计，对着三人颐指气使，起先只是略挥了挥手,便命他们站去了现在挨着的地方。由于我家前面那块地是凹进来的,离街沿有好几米远,两旁又有栅栏伸出去,便围成了那处死胡同一般的藏身点。骑手把三人一直赶到最里头,好让他们不容易被瞧见,同时也堵住了他们所有的退路;更何况,三匹马这样紧挨在一起,根本无法迅速行动。他将一切看得仔细,于是利用了这个地形特点。那三人大概是他的俘房,而非亲信。干得出这等事的人,只可能是个腹地悍匪,为财卖命的佣兵[1],渣滓中的败类。我意识到,无论摆出和善的面孔,还是流露恐惧的神色,对我自己都没好处。我手边没有武器。即便有,也无济于事。往字母"i"上添个点的工夫,他就能把我给灭了。恐惧就是在极端危急的情况下又极端无知。恐惧,真真正正的恐惧。恐惧喵喵地冲我直叫。我请他下马,然后进屋坐坐。

他一口回绝了,尽管这样不大合情理。他也没摘帽子。似乎就这么在马鞍上歇歇就好——他无疑放松了身体,好让脑子去思考,这项宏大的任务需要他投以更多精力。我问了问,他回答说,他没生病,也不是来开药或问诊的。他说话时一字一顿,尽力让自己显得很平

[1] 指在巴西帝国与旧共和国时期听命于东北部腹地寡头的武装力量,他们通常无恶不作,臭名昭著。

静；听他的口音不像是本地人，也许是圣弗朗西斯科[1]那边的。我清楚像他这种恶霸是什么样的人，不爱吹牛，也不张狂，却总是不怀好意，性情古怪，心思狠毒，阴晴不定，一言不合就会暴起伤人。我开始在心里极轻柔地整理思绪。他说话了：

"我来是有件事要和您问个仔细……"

他皱起了眉头。他那生了锈的、食人族般嗜血的面容，令我又一阵不安。然而，他的眉头舒展开来，几乎是扯出了一丝微笑。接着，他翻身下了马，潇潇洒洒，出人意料。这是他想用更礼貌的方式，让这场问话事半功倍，还是另有图谋？他把缰绳一端缠上了手腕，帽子依旧戴在头上。真是个大老粗。还有他那双眼睛，似乎深得无法通行。那匹枣红马倒是人畜无害，而他却什么都做得出来。他带了武器，而且武器都擦得锃亮——让人很难不注意到。看得出其中那把枪有多沉，枪扣在腰带上，腰带系得很低，这样一来，枪正好处于称手的高度，只要他的右臂自然垂下，随时都能迅速拔枪。他的马鞍也十分惹眼，是一副圆鼓鼓的乌鲁库亚鞍，在我们这里几乎见不到，至少没有做工这么好的。这些全都是狠角色才有的东西。那家伙浑身煞气，一心想要见血。

---

[1] 指圣弗朗西斯科市，位于巴西米纳斯吉拉斯州的圣弗朗西斯科河畔。

他身材矮小，却粗壮结实，整个人像根树墩子，似乎下一刻，他便会大开杀戒。要是他刚刚愿意进来喝杯咖啡，我这颗心就会安定许多。然而，他就这样领着一帮人待在外面，既不守做客的规矩，也不顾院墙的阻隔，着实让人心惊胆战，又拿不准到底会发生什么。

"您应该不认识我。我，达马奇奥，西凯拉家族的……我从塞拉过来……"

我大吃一惊。是达马奇奥，谁没听说过达马奇奥？此人恶名传遍了方圆好几里格，身上背了数十条人命，是个极其危险的人物。虽不知真假，但也有传言说，他已经安分了好几年——大概是为了避风头。可是，谁又能相信这样一头黑豹会真正休战呢？此刻，他就在那儿，就在我鼻子跟前，就离我一拃远！他继续说道：

"我跟您说，最近哪，塞拉来了个政府的小伙子，那小子有些爱闹腾……实话跟您说，我同他不对付……我是不想和政府闹啥矛盾的，我身子骨不大好，又上了年纪……那小子，哼，好多人都觉得他忒没脑子……"

他猛地住了嘴，好像在后悔自己这样开场太过直白。为此，他心头隐隐将有无名火起。他低着头，反反复复地思忖。直至拿定了主意。他扬起五官，笑了。如果这算是在笑的话：那口牙实在令人胆寒。他正对着我，却没拿正眼瞧我，只是斜乜着。某种自尊心在他胸膛里迟疑地跳动。最终，他整理好了自己的独白。

他有一搭没一搭地说着：都是些不相干的人和事，有关塞拉，有关圣安山，形形色色，东拉西扯，七零八落，似乎故意要与人为难。听他讲话，就像陷进了蜘蛛网一般。我只得试图去理解他腔调中的每一处细微变化，努力跟上他的思路，听懂他的沉默。他就用这样的把戏，假模假式地和我兜着圈子，打着哑谜，好隐藏自己的真实意图。然后，他来了句：

"那就请您行个方便，教教我那个词到底是哪个：什么垃圾……生得浪命……生个浪妓？"[1]

他冷不丁地从牙缝里挤出这句话来，伴着一声干笑。可他紧接着做了个手势，宣示着他的霸道与野蛮，毫不收敛自己的存在。他止住了我的回话，并不想我答得太快。就在这时，又一阵令人头晕目眩的恐惧攫住了我：难不成是有谁要害我，于是编造谎言，将得罪那人的话栽赃到我的头上，所以他才会跑来这里耀武扬威，非要当面收拾我、羞辱我才肯罢休？

"我跟您说，今天我从塞拉直奔这儿来，六里格的路，一刻没歇，就是专门来问您这个的，我得问问清楚……"

他认真的吗？这话当真吗？恐惧浸湿了我。

---

[1] 主人公达马奇奥（Damázio）的名字可能让人联想到"小妾"（amasiada）一词，意为"小妾养的"或是"私生子"，因此他或许会对有关自己身世的议论格外敏感。

"不管是我们那儿，还是过来这一路上，都没人知道，也没个啥正儿八经的——就是那种教人认字的书……尽是些不懂装懂的家伙，忒不靠谱……圣安山的神父估计认得，可我跟这些神父不大对付：他们老爱忽悠人……算了。那现在，就请您赏脸帮我这个忙，您就干干脆脆、明明白白地告诉我，那个词到底是个啥，就我刚问的那个？"

真这么简单？真要告诉他？恐惧淹没了我。千钧一发之际：

"'声名狼藉'？"

"没错，先生……"他大声地、一遍又一遍地重复这个词，直至面庞因愤怒而涨得通红，声音也失去了焦点。他忽地看向我，用质问的、威胁的目光——逼向我。我只得硬着头皮。"'声名狼藉'？"我还是在这一句上兜圈子。没办法，我实在需要觅个空当来思考，再宽限我一阵儿吧。我求救似的偷瞄了一眼另外三人，他们坐在马上，直到现在也不敢吭半个字，不言不语，无声无息。但是，达马奇奥开口了：

"您快讲吧。那边几个啥也不是，甭理他们。他们跟我从塞拉过来，就是为了做个见证……"

只能由我自己寻找脱身之道了。这个男人想要的是剥光了肉的芯子：词谛，他要知道那个词的真谛。

"'声名狼藉'不是个坏词，意思就是'知名''著名''出名'……"

"您可别嫌我是个大老粗，我真没听懂。您再给我讲讲：这词是不是很难听？是挖苦人的不？气不气人？是拿人寻开心的，还是用来骂人的？"

"没有贬损的意思，也绝不是辱骂。只是中性的表达，用在不同的场合……"

"行……那要是用穷人的话，用大白话来讲，它到底是个啥意思？"

"'声名狼藉'吗？嗯……就是'大人物'的意思，人人都夸他、敬他……"

"您敢打包票吗？您觥把手放《圣经》上，用母亲们的安危起誓吗？"

那当然！哪怕赌上我这把胡子也成。于是，我用比魔鬼还要真诚的语气说道：

"您听好：我，如您所见，瞧着也挺有能耐的，但此时此刻，我是真盼着自己声名狼藉——无比地声名狼藉，越声名狼藉越好！……"

"啊，好！"他脱口而出，欣喜若狂。

他像踩着弹簧似的一跃上马，坐回了马鞍，也做回了自己，邪火扑熄，如释重负。他笑了，笑得与先前判若两人。他也终于让那三个得偿所愿："兄弟们，你们可以走了。人家解释得清清楚楚，你们也都听清楚了吧……"他们一早准备好了，立马开溜。直到这时，他才肯走上前来，靠在窗边，表示可以喝杯水。他说："还是有文化的人最爷们儿！"莫非又有什么小事惹得他心里不痛快了？他说："我胡说的，最好的办法，兴许还是让那个政府的小伙子自己走人，谁知道呢……"不过他笑得更开了，似乎已将那股烦躁压了下去。他说："人哪，有时候就爱瞎想，疑心这疑心那的……这样只会把好好的木薯都给放馊了……"他道了谢，主动同我握了握手。说不定下一回，他还会愿意进屋坐坐。是啊，那可不。他一夹马腹，骑着枣红马便离开了，没再去想自己大老远赶来问的那桩要紧事，那桩叫人笑掉大牙，也叫他更加声名远扬的天大难题。

索罗科，他母亲，他女儿

那节车厢前一天就停进了缓冲轨道，是随着里约的特快列车一起来的，此刻开到了车站广场里的辅路上。这不是给普通乘客坐的，是节头等车厢，甚至比头等车厢还要豪华，里外全是新的。再仔细观察，就会发现有些不对。只见车厢一分为二，其中一个隔间的窗户装有格栅，就像关押囚犯的监狱那样。大家都知道，马上它就要开回主路，挂到南边来的特快列车后面，成为整列火车的一部分。它会送走两个女人，送去远方，永远不再回来。那辆腹地列车将于十二点四十五分经停此处。

已经有许多人聚集了起来，围在车厢旁边等待。人们怕独自待着会忍不住伤心，于是都在聊天，每个人都讲得头头是道，好像自己比其他人都更清楚这是怎么一回事。还在不断地来人——闹哄哄的。人群几乎一直延伸到火车离站的出口，那里紧挨着牛群装车时用的围栏，后面是扳道员的岗亭，不远处堆着几摞木柴。索罗科 [1] 会把她们两个带来，已经说好了。索罗科的母亲上

---

[1] 主人公名为"Sorôco"，与作者在其他作品中曾经使用过的动词 sororocar 有关，意为"痛苦濒死时喉咙里发出的咯咯声"。

了年纪，有七十多岁了。女儿呢，他就这么一个。索罗科是个鳏夫。据说除了她俩，他再没有其他亲人了。

正是日头最大的时候——人们想尽办法挤到那几棵雪松的阴凉底下。那节车厢让人联想到一条搁浅的大独木舟，或者一艘轮船。大家都看着那里：在日光熠熠的空气中，它似乎扭曲了，两端高高翘起。圆鼓鼓的车顶向下倒扣，闪着黑色的光。像是某种虚构的东西，来自极远的地方，冰冷无情，不仅无法想象，就算出现在眼前，也让人难以接受；而且，它不属于任何人。它要载着两个女人去往的，是一个名叫巴尔巴塞纳[1]的地方，远得很。穷人眼里，哪儿都远得很。

站长来了，他身穿黄色制服，胳膊底下夹着黑皮册子和一红一绿两面小旗。"去看看车上有没有加水……"他吩咐道。随后，制动员上前摆弄起那些连接软管。有人喊了起来："他们来了！……"手纷纷指向下街，索罗科就住在那里。他是个彪形大汉，五大三粗，一张大脸上长着稀疏枯黄的胡须，脚上总是蹬一双草鞋。孩子们都怕他，尤其怕他的声音，他说话很小声，但很低沉，说着说着又会变得尖细起来。他们正在走来，后面

---

[1] 该城位于巴西米纳斯吉拉斯州中心，平均气温较低，过去医生认为这会让精神病患者更加安静，因此，该地在20世纪被叫作"疯人之城"，负责收治精神病患者，事实上却成了"不符合社会道德规范"或者不符合掌权者政治利益者的集中营。直至20世纪80年代，巴尔巴塞纳精神病院才被迫关停，如今为疯人博物馆。

跟了一群人。

这时，他们停住了。他女儿——那个年轻姑娘——不知什么时候开始唱起了歌，她举起双臂，歌声含含糊糊，既不成曲调，又不像人说的话——什么都不是。年轻姑娘把目光投向高处，像虔诚的圣徒，又像被吓坏的孩子，浑身上下打扮得稀奇古怪，引人注目。只见她身上粘着各色布片纸片，尖顶高帽[1]下披散着头发，衣服裹得层层叠叠、鼓鼓囊囊，长短条子和粗细带子纷纷挂落下来——五颜六色、七零八碎：果然疯得厉害。那个老妇人则只是一袭黑衣，围着黑色披肩，温柔地点着头打拍子。她们并没有那么不同，而是彼此相似。

索罗科用手臂挽着她们，一边一个。这情景让人有种错觉，仿佛这是一场婚礼，他们正在步入教堂。不，此刻只有悲伤。仿佛一场葬礼。所有人都与他们保持着距离，人们尽量不去盯着他们看，以免被眼前种种怪诞不经引得发笑，也是为了索罗科着想——怕伤害他的自尊。他今天身着短靴和夹克，头戴一顶大帽子，又皱又旧，但这已经是他最好的一身了。此刻的他，拘谨而卑微。所有人都向他致以敬意和同情。他一一回复着：

---

[1] 一种又高又尖的圆锥形帽子，其历史可追溯到宗教审判所时期，当时强令被判死刑的人在参加审判时穿上斗篷、戴上尖顶高帽，以示羞辱和惩罚。葡语中还有"戴尖顶高帽"的俚语表达，意为"认罪"。

"愿上帝报答你们……"

而人们私下里谈论的却是：索罗科真够有耐心的。不过送走了这对脑子不正常的祖孙俩，他就不会再念着她们了，也算是一种解脱。这疯病是治不好的，她们不会回来了，永远不会。索罗科为了养活她们两个，吃了那么多苦，可日子还是一直都不好过。结果，她们就那么一年年地糊涂下去，他再也没了办法，只能找人帮忙，这也是不得已。大家看不过去，决定帮帮他，是时候采取必要的措施了，这也是为他好。最后是政府支付了所有费用，还安排了那节车厢。所以，现在必须送走这两个女人，让她们能在收容院得到救赎。这件事顺理成章，本就应该如此。

突然，老妇人从索罗科的臂弯中挣脱，走去坐到了车厢台阶上。"她不会做什么的，站长先生……"索罗科的声音极轻柔，"怎么叫她，她都不理睬的……"而年轻姑娘又开始唱歌了，她面向人群，又像是对着虚空唱歌，脸上显现出一种令人惊愕的安宁；她并不想表演什么，却似乎演出了昔日的辉煌，那样遥不可及。老妇人转头望向她，好像出于某种无限古老而奇妙的预感——某种极致的爱。于是，她也唱起了歌，起初只是小小声，但后来逐渐大起了嗓门，学着年轻姑娘的腔调，唱起了同一首无人理解的歌。现在她们一起唱着，不停地唱着。

眼看就要到火车进站的时刻了，还要做完最后的准备工作，把她俩送进那节窗户上安着棋盘状格栅的车厢。就这样，时间被瞬间吞没，没有任何告别，因为她们也根本无法理解。各处打点得很周到，有两个好心人会陪她们一同踏上漫长的旅程，一个是手脚麻利、热情活泼的内内戈，另一个是细心谨慎的若泽·阿本索阿多，他们会负责在各种事情上照顾好她们。还有一些小伙子也上了车，拎着包裹，提着箱子，带了许多吃食，看那一捆捆裹好的面包，铁定饿不着。末了，内内戈最后一次在站台上露面，打手势示意一切正常。她们不会添什么麻烦的。

现在，真的只剩下两个女人的歌声在飘荡了，就像希里米亚[1]的音色一样惹人怀想：它记载了这一世的酸甜苦辣、悲欢离合，或许会令人痛苦，然而这种痛苦不讲法理、不论原因、不分场合，不，都不是，而是因为从前，因为以后。

索罗科……

但愿一切快些结束。火车来了，机器自动运转起来，挂上了那节车厢。火车鸣笛，启动，离去，直到永远。

---

[1] 希里米亚（chirimia）是一种类似唢呐或双簧管的传统木管乐器，在16—17世纪由西班牙神职人员引入美洲。现今在拉丁美洲的许多偏远地区，希里米亚仍被用于宗教庆典游行仪式。

索罗科没有等到这一切消失。他连看都没看。他只是拿着帽子，络腮胡的轮廓显得比以往更加方正，就这样一言不发——这是最令人惊讶的地方。那个男人的悲伤定格在那里，压抑着他原本可能想说的话。他承受了所有本该如此的事情，站在无边的空洞里，背负着重压，却不抱怨，简直是榜样中的榜样。人们对他说："世界就是这个样子……"所有人都满怀崇敬地向他注目，视线却因泪水而模糊。突然，所有人都特别喜爱索罗科。

他浑身一激灵，像是崩断了最后那根弦，又好像什么也没有发生过，转身离去了。他是在往家走，却仿佛是在去往一个远得离谱的地方。

可是，他停住了。他变得十分奇怪，似乎马上就要失去自我，不复存在。好像他的灵魂溢出了边界，超越了认知。没有人预料到接下来发生的事，又有谁能够想到呢？停顿一下被打破——他唱起了歌，歌声高亢洪亮，但仅仅是在自顾自地唱——唱的就是那首疯疯癫癫的歌，先前两个女人已将它唱了一遍又一遍。他唱啊唱，唱个不停。

一股寒意，一阵坠落——但只有一瞬。大家都……接下的事没人预先商量，甚至没人明白为什么：所有人都为索罗科而悲伤，在同一时刻，同样唱起了那首疯疯癫癫的歌。唱得多么响亮啊！所有人都追随着他，追随着索罗科，就这样唱啊，唱啊，一直跟在他身后，最后面的人几乎要小跑起来，但没有人会停止歌唱。这样的情景永远不会从记忆里消失。这样的事情永远不会再有。

现在，大家是真的在送索罗科回家了。大家，还有他，一同去往那首歌要去的地方。

叛　逆

小河两岸的田地都是邦·达蓬特[1]老爷的，他在上面种了西瓜。这么好的西瓜只他一家，所以年年都能卖出比别人更高的价钱。

邦老爷铆足干劲，自力更生，终于种出了这些上好的西瓜，只是过了太久，他都已经忘记自己是怎么种出来的了。眼下到了季节，他总担心有人偷西瓜。果不其然，西瓜被偷了。

他每晚都守着瓜田，可还是连续三晚都遭了贼，邦老爷反复念叨，一定是因为那些狗让未嫁的少女喂了玉米糊糊，结果就放松了戒备。

是的，这位手脚长满老茧的鳏夫有个女儿，女儿背地里总是嫌他讨厌："你以为你谁啊，还监视人家！"多萝想要的生活可不止十个阿尔凯雷[2]的田地。

---

[1] "达蓬特"是主人公的姓，是一个古老的伊比利亚和意大利姓氏，"邦"是名字，在葡语中是"善良"的意思。

[2] 阿尔凯雷（alqueire）是旧时葡萄牙及其殖民地所使用的土地面积计量单位，其实际大小在不同地区并不一致，在米纳斯吉拉斯州 1 阿尔凯雷约等于 4.8 公顷。

做父亲的耳朵不大灵光，即便听到了也听不清，还以为女儿是在帮他出主意。他心知肚明，那些西瓜是绝无仅有的好东西，自己是连一个也不敢切开的，否则简直是糟蹋了上天的恩赐——那可都是钱啊！

他想出来的办法是：谎称自己在某些西瓜里面下了毒，看贼还敢不敢偷。他把这话到处说给村里人听，故意摆出一副理所应当、信心满满的模样。

然而，他一面说着，多萝就在一旁向所有人拆他的台，说他成天疑神疑鬼的，才会想出这个法子骗人。耳背的邦老爷被蒙在鼓里，居然还笑呵呵地点头赞同女儿的话，一头白发微微晃动。他指望女儿能吃苦，肯干活，平日里与他一同扛起田里的重担，可他又爱看女儿在周末时打扮得明艳动人。她也的确就是这么做的。

给西瓜里下老鼠药的恐吓没能奏效，邦老爷只能另想办法。他把穷鬼格格乌带回了田庄，将一柄没装子弹的长枪交到他手中。格格乌已经成了残废，那次中风后他就只能僵着腿一瘸一拐地走了。可他毕竟当过佣兵，眼观六路，人称"雷霆"埃斯特鲁利诺，保准能唬走那些不三不四的人。而且，这样也花不了什么钱，给他施舍些吃食和烟草就够了。

邦老爷安安心心地盘算着：生活重回正轨，自己继续干活，累了就休息休息；赶明儿多萝嫁了人，搬去夫家，再给他添几个小外孙；趁着种玉米和大豆的空档，年年都能收获这一地漂漂亮亮的大西瓜。人倒了霉以后，总会相应得到些补偿，哪怕是穷人也一样。

"是抠门儿抠穷的吧？"多萝阴阳怪气道，料定她半聋的父亲听不见这话。

邦老爷努力说服自己：闺女还小，不明白事理，长大些就好了。他去看田里的西瓜，西瓜绿得仿佛是万物的颜色，表面印着深色的斑纹，如同蛇皮一般；里面藏着的，是红彤彤、甜津津的清凉果肉。不过，只有掏钱买西瓜的人才配尝到。

每次下雨之后，邦老爷都会把溅在西瓜上的泥点和沙砾清理干净，如有必要，可能还会把西瓜一个个架起来，好让它们不直接与地面接触，不时还要将西瓜翻个面儿，这样就可以均匀地晒到十二月的太阳。总有一天，一切都会好起来，一切都会得到公道合理的结果。

偷瓜贼又来了，这简直是对神圣法则的亵渎。话说回来，这格格乌天天把肚子吃得滚圆，也不见他真的吓跑了谁，要他有什么用？"多萝真是……"肯定是她在袒护那野小子。

可这种事应该不会只是一时冲动，女儿恐怕真的动了心。情况就是这么个情况，问题是，只有不太值钱的那几个西瓜被偷了吗？

邦老爷决定，夜里要亲自上阵，暗中埋伏。他没把这事告诉任何人。哪怕知道他俩撞见自己以后会不高兴——格格乌只是个腿脚不灵便的丑八怪，而他的多萝已经出落得亭亭玉立，胳膊肘却总往外拐。

他出门了，小心地躲着月光，不发出一点声响。在这个干燥的后半夜里，他没看到有什么荒唐事发生。他在小河这边，刻意一声不吭的格格乌在那边，他们时而背对背，时而又面对面。

直到一声口哨突然响起。邦老爷惊呆了。来人头戴鸭舌帽，肩上扛着枪，原来是瓦尔维诺斯那小子：他打扮成这样，想让人以为他只是来猎驼鼠的——鬼才信呢，他连狗都没牵。邦老爷再不情愿，也没法装作这一切都没有发生。不过那小子家里有钱，父亲也是个有身份的。邦老爷动了动身子，当即决定走上前去，请他过来吃顿早餐。跛子格格乌咳了起来，这一咳，有人气恼，有人伤心。其实多萝早就醒了，只是她的窗户并不曾打开。月亮又一次犹犹豫豫地出现了。

邦老爷试图忘掉这一切，可是越想忘掉，他就越难受，悲伤总是让他想起那些在他看不见的地方发生的事情。他只求所有人都安分一点，守好规矩，自己则默默忍受羞耻的煎熬。他给格格乌的枪膛里填上了致命的铅弹。他除了干活，就只是睡觉，一个哈欠也没打过。

那是一个早晨。他被眼前的景象震住了。格格乌正趴在地上，无助地拖曳着身体，痉挛不止，奄奄一息，想伸头去喝小河里的水，却怎么也够不着。不对：他吐出来的不是鲜血，也不是带着血丝的涎水，而是嚼烂了的西瓜。

"真是好意办坏事啊……"邦老爷喃喃道，一边舔着牙齿的边缘，仿佛刚刚吞下几大块冰。他倒宁愿自己耳聋得再厉害些，也不想听见多萝把这桩罪孽怪到他头上。

他发誓——他真的从来没在任何庄稼里下过毒。

他只得张罗着给格格乌办丧事，先脱下死者那打满补丁的裤子，又借出去一身好西服作为寿衣——是多萝硬要他这么做的。她仍然以为是他害死了格格乌。他抄起长枪，向天空射出一发子弹：群鸟一只不落地飞回了那几棵树。

自那以后，他就失去了睡眠。

他在家门外的棕榈树之间系上吊床，蜷起身子躺进去，好像独木舟上的一只小狗。

他幻想着，他的瓜田变大了，大了足足三倍——然而，某个无法无天的家伙正在田里肆意劫掠。他只求日子过得安稳平静，每个人永远守好自己该守的规矩，生活竟连这点要求都满足不了吗？还有那个格格乌，他根本没当过佣兵，也不是什么"基督徒"[1]埃斯特鲁利诺，全是假的。

---

[1] "基督徒"与前文的"雷霆"一词在葡语中形近音似。

邦老爷感到自己正在崩塌。一段时间以来，他总是刻意不看向多萝，以免因为她而产生痛苦的联想。

有时，夜晚实在诡计多端。他不再紧盯一处：周围只有黑夜的心跳，没有被任何人占据一点空间。他开始盼望偷瓜贼会来，就像往日一样，习惯了。他害怕白天，害怕天亮。他甚至开始想念那个迷人的年轻猎手，想念他偷偷摸摸地出现。

在那个阳光过分明媚的早晨，多萝站在门口冲他破口大骂。她打扮成了周末的模样，太丢人了。

邦老爷抬起脚，猛踹了几下空气，险些从吊床上摔下来，连忙用两手抓牢。于是，他无意间看到了她：她的肚子圆鼓鼓的，畸形地胀大起来，像一条吞了青蛙的蛇。这下什么都明白了——这一刻，他仿佛堕入了炼狱。

多萝疯魔似的拽下西瓜，将它们劈开，然后用她巨大的牙齿啃咬，汁液沿着下巴淌落，弄脏了她的好衣服。世界就此终结。她做着怪相，故意大声说给他听："我乐意！"那家伙笑了，炫耀自己大大的肚子，满足地抚摸着。"哪个正经人会娶疯老爹的女儿呢?！"她一边说，一边往身侧吐痰。她回到屋里，卷起包袱，就这样走了，去过生活，过真正的生活。

邦老爷走过去，已经抽噎得没了力气，裤子也尿湿了。他从地上拾起碎掉的西瓜，尝了尝，什么味道也尝不出来。

　　然而，世界仍在走向终结，他坚持继续照料着每一颗西瓜，即便再也没有别的东西值得他去爱，他的西瓜永远那样完美无瑕，比金子还要珍贵。多萝的吼叫声，鸟儿的啁啾声，河水的潺潺声，他一声也听不见，这个可怜人的耳朵彻底聋了，头脑却清醒着。

　　他停住了，两腿大开，如同亚当未被取下肋骨时那样苍老而孤独，脚下牢牢踩着卵石遍布的河床。

顶　端

逆向的远行

又有那么一回。总之，小男孩再次去往那个成千上万人正在建造巨大城市的地方。可是这回，只有舅舅陪他，费了好大工夫才上路。他昏头昏脑、跌跌撞撞地上了飞机，一团滞闷的疲惫将他从里到外紧紧包裹；有人和他说话，他也只是勉强挤出点笑容。他知道妈妈病了。所以要把他送走，而且肯定要过上好些日子，肯定的，因为必须这么做。所以大人们要他多带上些玩具，舅妈把他最喜欢的那个塞到他手里，希望能带来好运：那是一只小猴子玩偶，穿着棕色的裤子，戴着红色的帽子，帽子上插着高高的羽毛。它原先是放在他房间床头柜上的。假如它能像人一样动起来、活起来，一定会是这世上最宝贝、最顽皮的存在。大人们越是对他关爱有加，小男孩的恐惧就越是加深几分。舅舅一会儿逗他往小窗外面看，一会儿叫他挑本杂志翻翻，他知道舅舅只是想打打岔。小男孩心里还装着其他的恐惧。每当专注地想起妈妈时，他总想哭。妈妈和痛苦是不可以同时容纳于一个瞬间的，明明是两个对立面——太可怕了，绝对不可能。他自己也想不明白这是怎么回事，小脑瓜里一切都变得乱糟糟的。他想的是：会不会有什么事情，某种大过一切的事情，可能，或者就要发生了？

外头没什么好看的，逆向飞驰的云朵层层叠叠，远远地去了。这里的每一个人，甚至包括机长，难道不也都各自怀着悲伤，只是假装一切正常、开开心心吗？舅舅打着一条绿领带，正拿它擦拭眼镜，要是妈妈那边情况不大好，他肯定不会打上一条这么漂亮的领带吧。可是小男孩心中又油然生出一股自责，因为自己口袋里还揣着那只可爱的小猴子玩偶，它没有活过来，依然只是个玩具，红色的小帽子上插着高高的羽毛。该把它扔了吗？不，穿着棕色裤子的小猴子是来和自己做好朋友的，不应该这么对它。于是他只是摘下了那顶插着羽毛的小帽子，这个可以扔，嗯，扔了，好，这下就没了。此刻，小男孩正躲在内心很深很深的地方，在自己的某个小角落。躲得很远很远。可怜的小家伙，只能坐在那里。

他多想睡过去啊。人本应能够在需要睡觉的时候停止这般清醒，安稳入睡。可他就是做不到。他只能再次把眼睛睁得老大，看云层为一尊尊转瞬即逝的雕像堆塑着轮廓。舅舅时不时看看手表。所以呢，什么时候能到？一切事物，一直以来，都是大同小异，无论这些还是那些。人，并非如此。难道生活就永远不会停下，好让人不慌不忙、活成该有的样子吗？就连没有帽子的小猴子，也马上要像自己之前那样，见识到紧挨着舅舅家后院的那些树木有多么高大，那片森林又有多么广阔。可怜的小猴子，这么小，这么孤单，这么没有妈妈陪。他的手在口袋里抓着小猴子，小猴子似乎很感激，而在黑暗中，悄悄地，它却在哭泣。

可是妈妈呢，如今她只成了曾经拥有的片刻快乐。若是早知有一天妈妈会生病，那他肯定要一直待在她身边，盯着她，用力盯着她，他要清楚地知道，自己就在她身边，就是在那样用力地盯着她，唉。他不要去玩，永远不要，也不要去做任何事情，他只要待在妈妈身边，一刻也不要分开，什么都不需要发生。他要把妈妈放在心里最要紧的位置，就像现在这样。就像他感受到的这样：自己与妈妈在一起，比起此刻真正待在妈妈身边，还要更加在一起。

飞机不断穿越浩瀚的光亮，飞行着它的飞行——只是这飞行仿若静止。但空中有黑色鱼群经过，肯定是在层云之外：有背脊，还有爪子。小男孩拼命压抑着痛苦。要是飞机真的停了下来——甚至倒退回去，那他就能回到与妈妈在一起的时空，那时候的他，甚至根本想不到这一切可能会发生。

鸟儿的出现

舅舅家没变，两旁与后方都是树，那里的所有人都开始用一种关怀备至的态度对待他。他们说可惜附近没别的小孩子。嗯，要是有的话，他会把玩具全给他们；他不想玩，再也不想了。在人们无忧无虑、尽情取乐的时候，坏事就已经弓背炸毛、蓄势待发了：就在门后等着呢。

他也不想和舅舅坐吉普车出门，不想去往尘土、人群与荒地。他死死抓着，眼睛紧闭。舅舅说他不应该抓得这么紧，要让身体随着车子颠簸起伏。要是自己也病了，病得也很重，那会怎样——是会离妈妈更远，还是更近？他咬噬着自己的心脏。他甚至不想和小猴子玩偶说话。整整一天，不过是让疲惫摊平开去。

即便如此，夜晚来临，他还是没有入睡。那地方的空气冷冰冰的，也更稀薄。小男孩躺在那里，感到很害怕，心脏狂跳。这意味着，妈妈她……他无法立刻入睡，正是因为这个原因。沉默、黑暗、房屋、夜晚——一切都在缓缓行路，前往明天。即便一厢情愿，一切也都不会停止，更不会回去，回到人们熟悉并喜欢的样子。他独自一人在房间里。可小猴子玩偶再也不是那个摆在他床头柜的玩具了：它与他做伴，躺在枕头上，小肚子朝天，腿伸得直直的。隔壁是舅舅的房间，隔着薄薄的木墙。舅舅在打呼噜。小猴子呢，仿佛也在打，像个苍老的小孩子。难不成人们一直都在窃取着属于夜晚的某些东西？

到了第二天，在某个不再睡着，又尚未醒来的时刻，小男孩心中乍现一丝清明——如同轻轻柔柔吐出的一口气。几乎就像是在观看另一个人记忆中的确凿事实，或是一部由陌生思绪连成的电影，又好像是他的内心深处竟能够复刻伟人的思想。只是，所有这些，最终也都飞絮般地散了。

无论如何，正是在即将到来的那场黎明中，他认识到，也体会到：人们永远无法好好地、真正地欣赏发生在此时此刻的美好。有时是因为来得太快、太出乎意料，令人全无准备。或者期待太过，到头来却发现并没有那么好，只是个粗制滥造的冒牌货罢了。或是因为有一些其他的事情，糟心的事情，也正在发生，它们自四面八方而来，不留一点清净地。或是因为必须有一些其他的事情发生在别处，若没了它们，当下的美好也不能完整。或是因为，即便美好的确正在发生，人们也心知肚明，它们正在远去，终究会走到尽头，遭时间侵蚀，灰飞烟灭……小男孩再也躺不住了。他起床穿好衣服，拿起小猴子塞进口袋里，感到肚子有些饿。

门廊是一条通道，从小院连向森林与那广袤的彼端——就是那片黑色的原野，隐在裂痕与雾霭下，如同一块冰，冰上似有露珠盈盈——向着视线的终点延展，直至东方的天际，大地的边界。太阳仍未出来。可是已经有了光亮。树木的顶端泛起金色。院子后面那些高大树木，即便有露水洗涤，也不见得会这般葱翠。黎明——一切都散发着好闻的气息，还有鸟儿的啼鸣。早餐从厨房里端来了。

接着："嘘！"手向外一指。飞来一只巨嘴鸟，它只轻轻一振翅，便平稳地落在其中一棵树上。好近啊！蓝天在上，枝叶重叠，黄光笼罩之下，鸟儿的红色羽毛显得格外温暖——它刚刚完成一场飞翔。这景象教人移不开眼：鸟喙巨大而华丽，好像一朵鲜红的寄生花。它在树枝间跳跃，采食树上满载的果实。所有的光芒都属于它，它在空中的每一个跳跃，都将身上的色彩泼洒在光里；它柔软地扇动翅膀，每一帧定格都灿烂夺目。它上到树顶，那里有些小果子，笃库，笃库……随后在枝丫上把喙蹭干净。小男孩把眼睛睁得大大的，却也知道留不住这稍纵即逝的片刻，只能默念，一，二，三。没有人讲话。舅舅也没有。舅舅也想好好欣赏：他正在擦拭眼镜。巨嘴鸟停住，去听其他鸟儿的声音——或许是它的雏鸟——从森林的边缘传来。于是它巨喙朝天，发出一两声巨嘴鸟独有的、略微生锈似的鸣叫："克勒！"……小男孩已经要哭出来了。与此同时，公鸡开始啼鸣。小男孩回忆着，回忆却一无所有。他的眼睫毛全都打湿了。

巨嘴鸟的飞翔，笔直而缓慢——它似乎是飞走了，去，去！——色彩缤纷，鸣声璀璨，悬浮于空，令人叹为观止，如同做梦一般。可是众人的兴致丝毫未减。他们纷纷指向另一边的远方。那是晨星的所在，太阳想要从那里升起。旷野边际昏黑，似一道矮墙，在某处断裂，裂口金光熠熠，边缘碎成不规则的形状。太阳就从那里，摇摇晃晃、慢慢悠悠地上来了，先是半个太阳，再是整个圆盘，无遮无拦，终于太阳升起，一切有了光。此刻，那金球正悬于一线蓝色之上，维持着平衡。舅舅看了看手表。刚才这么久的时间里，小男孩甚至没有发出一声惊叹。他在用目光捕捉视野中的每一个音节。

然而他不能一边沉浸在这令人目眩神迷的时刻，一边还想着妈妈——唉！妈妈要健健康康的，什么病也没有，因为妈妈出现的地方本应只有快乐。他也本应自然而然地想到把好朋友小猴子从口袋里拿出来，让它也看看：巨嘴鸟——那位身着红衣的小小绅士，鼓着翅膀，高高挺起巨喙。然而，似乎在每一部分、每一小节的飞翔里，巨嘴鸟都静止不动，静止在那一段，静止在几乎不可能存在的一点，静止在虚空当中——此时此刻，无穷无尽，始终如此。

鸟儿的工作

就这样，小男孩整日郁郁，抗拒着他心里想要，又不愿去想的东西。他无法直面那些事物赤裸裸的样子，无论是如今这样，还是将来总会变成的那样：它们变得越来越沉重，越来越复杂——就在人们不设防的观望之下。他不敢打听消息，是不敢去看可怕幻象中病倒的妈妈吗？无论他如何挣扎，也回不到这一切发生之前的心态。他努力尝试接受这个病重憔悴的妈妈，又无法将思绪连接起来，大家都懂的，这种时候脑子里的一切都会变作模糊一团。妈妈就是妈妈，就是这样，再没有其他。

但是，他在等待。等待美好。还有巨嘴鸟呢——它那样完美无瑕——飞翔，降落，飞翔。又一天，又一个早晨，巨嘴鸟依然只飞向那棵树，它有着高大的树冠，恰巧也被叫作巨嘴鸟树。又一场日出，伴随着金色的呼吸。之后的每一次黎明，巨嘴鸟都来得刚刚好，行动优雅，叫声响亮：……这儿过这儿过这儿过……它飞得笔直稳当，将将掠过树干枝叶，在空中划出柔和的线条，仿佛一条红色小船，船帆轻轻摇晃，被拉着向前；它那样精准地飞在一条水平线上，好像一只小野鸭滑行在金色河水的粼粼波光之上。

魔力消失后，人总要走入一整日的平凡——是别人的平凡一日，并非自己的。吉普车上的颠簸成为日常。妈妈以前总让他小心别弄脏了衣服，可是在这里还想要衣服干干净净的，也太难了。哪，连小猴子玩偶也是，即便总在他口袋里，也因为汗水和尘土变脏了许多。成千上万人投入了极大的努力，一同建造着那座巨大的城市。

　　可巨嘴鸟呢，它有自己惯常的出场方式，从不缺席，如今那里的所有人都知道，它会在曙光泛染颜色之时到来。自从这一切开始已经过去了一个多月。起初，那附近大约会有三十只巨嘴鸟出现，热闹得很，但它们也只有白天十点到十一点之间会在。然而，那一只会留下，迎接每一个明天。小男孩也会撑起惺忪的睡眼，口袋里揣上小猴子玩偶，匆匆忙忙起床，再下到门廊上，满怀着热切的爱。

　　舅舅与他说话时总是热情有余，可也完全不知道如何开解。白天他们会一起出门——顺着事物自然发生的轨迹向前。一切都覆盖着尘土。总有一天，得让小猴子玩偶重新戴上另一顶小帽子，也要插着高高的羽毛，但得是绿色的，和舅舅那条领带一样鲜艳的绿色，只是舅舅现在穿 T 恤，不打领带了。小男孩时刻感觉，只有自己的某一部分在被硬生生地推着向前。吉普车疾驰在无休无止、永远崭新的道路上。但是小男孩在内心最坚定的地方发表了唯一的宣言：妈妈一定要好起来，一定要健健康康的！

小男孩等待着巨嘴鸟，它总在早晨六点二十分到来，不早不晚，不紧不慢；它会高高地落在巨嘴鸟树的树冠上，在树枝间灵活跳跃，翻拣着果子来吃，不多不少，只待十分钟。接着，它总是朝着相反的方向飞走，就在大地之上整个圆盘被染红的那一滴刹那之前；因为日出正好在六点三十分。舅舅一直在用手表掐着时间。

白天，巨嘴鸟从不回来。它从哪里来，在哪里住——是在森林深处的阴影里，那些难以踏足的地方吗？没有人知道它每天到底会在什么时候做什么事，总之它会去别的什么地方觅食饮水，而且肯定是十分偏僻的地方。但是小男孩觉得就应该这样——没人知道才好呢。它从别处来，从不知什么地方来。白天：巨嘴鸟。

有一天，舅舅收到了一封电报，不由得露出忧虑的神情——希望在老去。但不管怎样，小男孩独自沉默着，只是守着对妈妈的爱，偏要一遍又一遍地向自己重复：妈妈一定健健康康，平平安安！

突然，他听到大人们为了逗他开心，正商量怎么把巨嘴鸟逮回来：下陷阱抓，朝它的喙扔石头，用短步枪射它的翅膀。不，不要！——他发起火来，心中煎熬不已。他在乎的、想要的，绝不会是那样一只被逮住的巨嘴鸟。他要的是清晨第一束微光，要那光束中精准的飞翔。

间隔——他现在能够打心底理解了。今天与明天总要有间隔。到那时，就会有巨嘴鸟，还有它的黎明，那是天赐的玩具。太阳也一样：从地平线上的一小块黑暗中出现，顷刻间碎裂成万丈光芒，如同一只鸡蛋壳——就在那高原的尽头，在田野昏黑的无垠之外，人们的目光可以一直伸向那里，就像伸出一条手臂。

然而，在他面前，舅舅停下了，没有说一个字。小男孩拒绝理解任何危险。他在自己心里一遍又一遍地说：妈妈从来就没有生过病，她一直都健健康康的！鸟儿的飞翔愈加占据他的内心。小猴子玩偶还差点掉出来，险些丢了，被发现时，它那凸出来的小嘴巴和半边身子都已经偷偷探出口袋了！小男孩并没有责怪它。鸟儿的归来，是寄送的情绪，是善感的印迹，是心灵的满溢。小男孩把这一切保存起来，存在稍纵即逝的记忆中，存在快乐的飞翔中，存在嘹亮的空气中，直到黄昏降临。有了这一切，他就可以得到慰藉，让自己不用再忍受痛苦，只因逃离了严酷的重压——逃离了那些棋格般的日子。

第四天，来了一封电报。舅舅笑得无比灿烂。妈妈病好了，她没事了！接下来——等到巨嘴鸟的最后一场日出之后——他们就要回家了。

无限的时刻

没过多久，小男孩已经在透过小窗注视着云层，那是扯得松松垮垮的白色，是飞逝的虚无。与此同时，他迟迟未从怀念中脱身，心里装着的依然还是那边的东西。巨嘴鸟，黎明，也包括那段糟糕透顶的日子里的其他：舅舅家、人群、森林、吉普车、尘土、令人透不过气的夜晚——如今这一切都在他的脑海中调谐成近乎蓝色。生活啊，真的，从不停歇。舅舅打着另一条领带，没之前那条漂亮，他时不时看看手表，着急什么时候能到。小男孩恍恍惚惚地想着，几乎已经处于昏睡的边缘。一桩突如其来的大事让他拉长了小脸。

接着，他几乎从座椅上跳起身，难过起来：小猴子玩偶不在他口袋里了！他居然把好朋友小猴子给弄丢了！……怎么会这样呢？眼泪立刻涌了出来。

可是，就在这时，副驾小哥走过来，带了一样东西安慰他："看看，我找到了什么？给你。"是红色的小帽子，插着高高的羽毛，熨得平平整整，分明就是他那天扔掉的那顶！

小男孩已经哭不动了。仅仅是轰鸣声与坐飞机的感觉就已经使他昏昏沉沉。他捧起孤零零的小帽子，抚了一抚，把它放进了口袋。不，他的好朋友小猴子没丢，它并没有迷失在世界无底的黑暗中，永远不会。它肯定只是在那里漫游，或许现在，或许将来，它又会在另一个地方，那个所有人和事物总会前往和归去的地方。小男孩因这想法破涕为笑，他顿时感到，自己从原初的混沌中挣脱，有如星云的解体。

这就是那个难以忘却的顿悟时刻，以及与之相伴的平静，由此世界豁然洞开。这一时刻短暂得不足须臾，如同麦秸一样纷散，不属于凡俗，不属于任何人：是所见，是一切，是四方之外。仿佛他和妈妈在一起，妈妈平安无恙，满面笑意，大家都在，小猴子打着一条漂亮的绿领带——在那条高大树木环绕的小院长廊下……在吉普车欢快的颠簸中……在各处……又只在同时……那就是每天第一个时刻……他们在一起，一次又一次看太阳重生，看巨嘴鸟那愈加生动、嘹亮、真实的——永不停息地静止着的——飞翔，它来到家旁边，在黎明高高的山谷中，啄食金色树冠上的小果子。就只有这些。就只有一切。

"我们终于到了！"舅舅说。

"啊，没到。还没到呢……"小男孩答道。

小男孩的微笑似有若无：这些微笑与谜团，都是他自己的。生活正迎面而来。

寻找河的第三条岸——译后记

　　我第一次读到《河的第三条岸》，是在高中刷语文高考题的时候。等到我作为葡语专业学生遇见若昂·吉马良斯·罗萨之时，才惊觉这是重逢而非初遇。《河的第三条岸》就是这样一部作品，读过以后便再也忘不了；哪怕似乎忘记了，"记忆也会冷不防地打个哆嗦，再度惊醒"。无论在科学还是哲学领域，"三"都是一个充满魔力的数字。一是静止，二是平衡，三则是混沌与无限，再加上"河"与"岸"这一对常常触发思辨的隐喻，这篇小说注定成为一个悬而未决的谜题，永远潜藏在读者心底。"第三岸情结"更是突破了语言、国度和时代的限制，对中国当代写作者产生了深远影响。

　　能写出《河的第三条岸》的人必不可能只写出了《河的第三条岸》。可奇怪的是，该篇的广泛传播却从未将作家罗萨之名真正送入中国读者的视野。在相当长的时期内，中文世界难以再寻找到罗萨其他作品的踪迹——诗人胡续冬将这一反常现象称为"孤译"，更首次将罗萨的六篇短篇小说从葡语译成中文。但罗萨的整体性译介依然迟迟未到。

罗萨完全当得起"巴西最重要的当代作家"之称。他是"文学爆炸"见证之书《我们的作家》中唯一列席的巴西作家，诺贝尔文学奖得主马里奥·巴尔加斯·略萨不无惋惜地评价其"本应获得诺奖"。挪威书会曾公布由五十四国一百位著名作家选出的"史上最佳百部文学经典"，巴西唯一上榜的便是罗萨的长篇代表作《广阔的腹地：条条水廊》（*Grande Sertão: Veredas*）。巴西现代史学奠基之作《巴西之根》的作者塞尔吉奥·布阿尔克·德·奥兰达曾说："我不敢贸然进行比较，因此我不会说罗萨的作品是巴西文学史上最伟大的。但我要说的是，在巴西作家中，至今没有其他任何人的作品能像他的创作那样，给我如此强烈的感受——那绝对是天才的造物。"

然而，"明珠蒙尘"的憾事并非仅仅发生在中国。作为同语言市场的葡萄牙，竟然直到六十多年后才出版《广阔的腹地：条条水廊》。美国译者和编辑倒是在20世纪60年代就率先着手引进罗萨的一系列作品，但或许因为翻译的缘故，市场始终反响平平。"文学爆炸"热潮过后，美国近三十年再未出版过罗萨作品的新译本。

即便在同时代的同胞和同行之间，罗萨那如"挑衅性原创艺术"的语言也经常引发两极化的评价。以作家巴尔博萨·利马·索布里尼奥为代表的相当一部分读者都认为，罗萨的创作"不过是对乔伊斯《尤利西斯》的拙劣模仿，自然难逃一切仿作的通病"。诗人费雷拉·古拉尔和小说家佩尔米尼奥·阿斯福拉翻了几十页书便再也读不下去。而另一方面，同为巴西国宝级作家的若热·亚马多曾直言："巴西的语言在罗萨之前是一门，在他之后是另一门。"拓展了葡语书写可能性的著名女作家克拉丽丝·李斯佩克朵同样不吝赞美："他创造力的疆域令我无从揣度，我竟读得痴了。他那连语调都臻于完美的语言，直抵我们灵魂深处的隐秘。他不仅创造了语言，更发现了真理，或者说，创造了真理。"巴西现代最伟大的诗人卡洛斯·德鲁蒙德·德·安德拉德在罗萨逝世三天后发表悼亡诗，将罗萨的腹地宇宙誉为"平庸语言的流放地"。

对于批评和争论，罗萨早已见惯不惊："许多批评家对我发起攻击，却全然不解我的创作。他们给我扣上各类罪名，指责我风格浮夸、沉溺虚幻。与这些以文字暴露自身无能之人对话实无可能，因为我与他们之间缺乏对话的基本前提：相互尊重。"

正如罗萨所言，批判者之所以缺乏对其创作的尊重，一是源于不了解——不了解罗萨的生平经历与创作本源，从而武断地将其贬低为模仿者；二是源于不理解——不理解罗萨"语言炼金术"的价值，反被一叶障目，忽视了其文字之下澎湃的力量、生命与真理。了解是理解的前提，只有了解了罗萨特立独行的成长道路与文学生涯，才可能真正理解罗萨的创作从何处来、向何处去。

巴西文学的美洲豹

罗萨对自己的评价是一个"温暾而孤独"的作家，一如摄影师镜头前的美洲豹，敦实、谨慎又好奇，暗中观察人类的时间比人类观察它的机会多得多。他其实很早便开始创作，并且一直梦想进入巴西文学最高殿堂——巴西文学院，却在相当长的时间里不愿以真名发表自己的文学作品。身为外交官的罗萨在家和总统府之间两点一线，始终与文坛若即若离。包揽卡蒙斯文学奖、马查多·德·阿西斯奖等葡语文学最高荣誉的巴西作家西尔维亚诺·圣地亚哥拒绝称罗萨为"先锋派"，因为他是绝无仅有的"独行者"："他生前极其低调，既不爱参与文学界的活动，也不混'小圈子'，就那样带着一部长达六百多页、如同怪物一般的恢宏巨著横空出世。"

　　然而，若因这些描述就以为罗萨必是个乖张孤僻的隐士，那便大错特错了。一次他在德国接受采访时，留下了一段罕见的动态影像。初次看见黑白视频里那个戴着圆圆眼镜、打着小小领结、眼睛总是笑成两条缝的胖胖老头，听着他圆润柔和的口音和"Hi Hi Hi"的笑声，我只觉得一见如故——因为此时译稿已全部完成，我已通过文字与他熟识，仿佛早就知道他会是这样一个人。他不"混圈子"的原因其实相当简单："我喜欢人，可我讨厌社交。"

　　20世纪初，在米纳斯吉拉斯州腹地的"柔美丘陵间、浩瀚星空下"（语出罗萨就职巴西文学院院士的演讲词）有座小镇，小镇火车站旁开了家杂货店，杂货店老板的长子小若昂痴迷于研究地图、采集标本，还总在父亲打猎时大喊"爸爸！"将猎物吓跑。小若昂在杂货店里听牧牛人、货郎、猎户讲述形形色色的荒野传奇，长大后的罗萨更是几度穿越腹地，或深入沼泽，或乘独木舟漂流，或随牛队沿河行走，将一切动植物、地貌、民俗、谚语收集在几百页"伤痕累累的、沾满牛血和马汗"的笔记之中，这成为他日后创作的坚实物质基础。"我整日闭门不出，哼着腹地歌谣，与古早记忆中的牧牛人对话。"这就是罗萨在写作《广阔的腹地：条条水廊》时的真实场景。在当时正处于政治发展热潮中的巴西乃至整个拉丁美洲，最爱"猫、牛、雨、草"的罗萨仿佛一头误入城市的美洲豹，显得格格不入、不合时宜。

另一方面，童年的罗萨总是"黏着书本"，自学多种语言，遍读文学名著。在领事考试法语口试中，考官问及对法国古典文学的了解，罗萨答道："全部。我九岁起便阅读经典。"他能读或说十多种语言，还学过另外十多种语言的语法。事实上，现存文献中最早见刊的罗萨作品就是《柴门霍夫的语言美学》以及《世界语的逻辑结构》，他在文中称赞世界语的发明者"本质是诗人"。正是这令人叹为观止的语言天赋以及对诗性语言的热爱，让罗萨得以从一切语言和方言中获得不竭灵感，进而战胜"诗歌的敌人"——语法和词典，摆脱那些"昏昏欲睡的陈词滥调"。对大自然和语言的双重热爱使他必须进行语言实验，哪怕并不总能被人理解。正如亚马多感叹："罗萨的创作源泉是如此丰沛，以至于必须锻造新语言来约束这股洪流。"

更重要的是，罗萨对"人"本身有着深沉的热爱。许多著名作家似乎都有过从医的经历，罗萨也多次投身革命军医疗队，中途还做过乡村医生，按骑马出诊距离浮动收费。罗萨"弃医"后并未立刻"从文"，而是进了外交部，当外交官的目的也并非从政，而是想要"写写书，看看外面的世界"。然而事与愿违，他的第一个海外职位就是在 1938 年至 1942 年担任巴西驻德国汉堡副领事，他在那里看到的是人类无尽的痛苦："哀求、恫吓、眼泪与魔鬼般的请求包围着我们……并非所有苦难都能解救。"罗萨在领事馆遇见了签证处职员阿拉西，后与她结为夫妻。阿拉西曾冒着巨大风险，设法为犹太人发放超出限定配额的签证，帮助他们逃往巴西，由此成为以色列犹太大屠杀纪念馆"国际义人"名单中唯一的女性。阿拉西在被问及那段经历时回忆道："我从不害怕，害怕的是小若昂。他说我做得太过了，说我把自己和全家都置于危险之中。但他没有过多介入，而是任由我这么做。要知道，最终签署护照的人还是他。"

　　尽管见证过如此多的苦难，罗萨的作品却似乎并不"苦大仇深"，也无意"以笔为剑"，虽然当时拉美文坛的主流便是对帝国主义压迫、军事独裁统治、大庄园制等历史和社会现象的犀利批判，例如以若热·亚马多为代表的"用血水而非墨水写就"的东北文学，还有常被误认为是罗萨灵感来源的欧克利德斯·达·库尼亚所著的《腹地》。罗萨笔下仿佛只有写不完的爱，没有记得住的恨——可不就是《我舅是美洲豹》里那没完没了地想"什么都好、什么都棒"的美洲豹吗？究其原因，正是罗萨的爱人天性，让他与政治格格不入。1965年，罗萨赴意大利热那亚参加拉美作家国际大会，与米盖尔·安赫尔·阿斯图里亚斯一同当选为新成立的拉丁美洲作家协会副主席。当讨论转向政治话题时，罗萨离开了会议室。在随后的访谈中，罗萨坦言自己这个外交官是梦想家，相信定能弥补政客们所破坏的一切："政治是非人道的，它将人类与账单上的逗号赋予相同的价值。我不是政治家，正是因为我热爱人类。我们应该废除政治。"

讨厌政治的罗萨继续当着外交官，1958年晋升大使时，好友兼时任巴西总统库比契克亲自发来贺电；与此同时，作为"文学的造访者"（米亚·科托语）的罗萨，在长篇代表作之后又接连出版《舞蹈团》（*Corpo de Baile*）、《最初的故事》（*Primeiras Estórias*）、《无关和紧要：第三群故事》（*Tutaméia – Terceiras Estórias*）等中短篇小说集。1967年，罗萨的德、法、意大利语编辑联名向诺奖委员会申请《广阔的腹地：条条水廊》参与本年度诺奖评选。而在地球的另一端，罗萨正将短篇集《这些故事》（*Estas Estórias*）和杂文集《飞鸟，词语》（*Ave, Palavra*）的原稿存放在办公室保险箱，并嘱咐女儿，自己若有不测，就立刻交给编辑。接着，早在1963年已当选巴西文学院院士的罗萨，在推脱了四年，或是说足足花了四年做好面对死亡的准备之后，终于正式接受了这一梦寐以求的荣誉。他在就任演讲中语带告别之意，追思逝者："我们死去，是为了证明曾经活过。……人不会死去，只会着魔。"

三天后，罗萨心脏病发作，猝然离世。是啊，"活着真是太危险了"。

牛嚼玫瑰：选篇、解读与重写

译稿全部完成以后，当我回想接下本书翻译工作时的情形，才发现自己那时并不真正明白前方到底是什么。巴西朋友打趣说我是个"勇敢女孩"，我不知这称不称得上勇敢，或许更像是《环环相扣》里的那头小母牛吧，初出牛栏，莽莽撞撞，除了笼住自身的一团土尘，对来路的追捕、去处的奖赏，一概懵然无知。

译后记行文至此，我认为有必要向读者诚实阐述翻译的全过程，包括选篇、解读与重写。我无意借此为译本辩护，只希望能尽力将我对罗萨原作所做出的、没有做出的一一分说清楚，以免因为我的缘故，替这位伟大作家招来误读乃至低估。

选篇自然要从《最初的故事》入手，毕竟国内读者最为熟悉的《河的第三条岸》便是出自这部短篇集。原因不止于此："最初"并非意指创作时间的古早，而是强调"故事"（Estória）的创新性——罗萨用这个新造词来指代自己的短篇小说，既是旧事，亦是奇事。《最初的故事》更是罗萨在 1958 年一场大病之后人生与写作的全新开始："我已实现自我，不再渴望旅行。我转向内心世界，突然变成了一个沉思者。这本书就是提炼的结果。"他与报社合作，在专栏周更小说，以有限的篇幅与交稿时间逼迫或是激发自己的创作："对于艺术家而言，一切约束皆是振奋。"因此，罗萨在新阶段的创作大多精短非常，能用一个新造词述说的就绝不多费笔墨，再不似《萨迦拉纳》(Sagarana)里的短篇，动辄三五十页，或将本计划是中篇的《广阔的腹地：条条水廊》一气儿写成了六百多页。这也是本书以罗萨新阶段的精短作品为主的原因，就像一份初次见面的礼物，糖果盒不大，更要设法塞进尽可能多种口味的巧克力：奇幻故事、哲学思辨、内心剖白、人物肖像、幽默轶事、讽刺小品、游记随笔、散文诗……

《最初的故事》不单贡献了读者所见的大半篇目（13篇），还锚定了本书编排的镜像结构：以贯穿创作的形而上思辨《镜子》为中点，以小男孩的两次旅行《快乐的边缘》和《顶端》为首尾，其余篇目则根据主题，按两两之间的磁吸力对称分布。有关对称性的考量在追求译集多样性的同时保证了内部统一性。首先，叙述者与叙事语调虽千变万化——诙谐、沉郁、讥诮、童真、学究腔、乡野气，但每个故事的核心都是一个发生或者未发生的事件，其构成了某个谜团的冰山一角。正如《镜子》中所说，"当什么都没有发生的时候，发生的是一个我们看不见的奇迹"。再则，故事的主角们或是野地动物，或是边缘人物，界限模糊地生长在以"非城市"为最显著特征的罗萨腹地宇宙。"那里发生的事情并不构成犯罪"，评价他们的好坏，就和那种将鬣狗与狮子解读成盗匪与帝王的纪录片同样无聊。罗萨相信，只有"不做姿态"的腹地人事物，才是故事的最佳原型：狡黠的豹人、疯癫的英雄、早慧的孩童，他们未被规训的嘴巴成为罗萨语言的最佳载体，他们不合逻辑的行动蕴含罗萨宇宙的唯一真实。至于我们大多数读者所生活的世界——在新首都巴西利亚建成、巴西现代化轰隆隆地展开之际，书里的小男孩坐上舅舅的吉普车，写书的罗萨受邀参观新城，他们都"独自遭遇了一毫克的死亡"。那正在建设中的巨大城市，才是真正诡异的"另一个世界"。

于《最初的故事》之外的选篇同样综合考虑了多种因素，例如对称性、多样性、传播度和篇幅等。《那些个洛佩斯》选自《无关和紧要：第三群故事》，是罗萨作品中少有的女性主角独白。《精灵的故事》《一群印第安人（的语言）》《白鹭》《叛逆》均选自《飞鸟，词语》，据说这本杂文集中的绝大多数作品尚未有过任何译本；其中前两篇的创作犹在《最初的故事》之前，表现出有别于其他篇目的纪实色彩，特意选译是为了展示罗萨在作家身份以外的另两个重要侧面——外交官与语言爱好者。收录于《这些故事》的《我舅是美洲豹》是选篇中字数最多、诞生最早（20世纪40年代或更早）的一篇，不少评论家都惋惜于这"压箱底"的佳作竟直到罗萨去世后才得见天日。等不及想要读到《广阔的腹地：条条水廊》的罗萨迷，不妨先用这篇解解馋，因为它们具有某些相似的特质：噤声的对话者，半文盲的讲述者，碎片化的循环叙事以及丝丝刻画的腹地风物。

尽管本书的选篇已经过反复推敲，但其中也不可避免地掺杂着偶然与个人因素。成语曰"牛嚼牡丹"，我在上百篇作品中挑选时，岂不就像是在玫瑰丛中（罗萨在葡语中意为玫瑰）大嚼特嚼？有趣的是，罗萨就曾说过："我的书不是给那些整日胡吃海塞的马的。我的书是给牛的。牛先囫囵吞下，再反刍回来，慢慢咀嚼，直到彻底嚼烂才重新咽下。只有这样，食物才能化作土地的肥料。"

我舅是美洲豹？我就是美洲豹！

浑似"牛嚼"的，又何止选篇呢？我在开始翻译前知道会相当困难，可并不知道会困难得如此彻头彻尾、没完没了，简直步步一道坎，句句一座山。解读得越深入，便越对重写的可能性感到绝望。在有了几回整个下午只译出两句的痛苦经历之后，我强迫自己接受"完成大于完美"，这才得以勉强按照既定节奏继续前行。

直到译稿全部完成以后，我开始阅读罗萨在作品以外留下的言语，包括访谈与信件，这才发现，原来我所有的犹疑惶惑都早在时空的那一头得到了回应。罗萨在给意大利语译者的信中说，他认为写作就是翻译，作者所做的就是从奇点、从别处、从更高的维度、从思想的层面，将真理"翻译"成文字，而他也无法确定自己这份"翻译"是错是对。也正因如此，对于作品被"再翻译"成其他语言时产生的分歧——无论是有意为之的替换，还是无意造成的差错，罗萨一直抱有十分开放的态度：译者完全有可能纠正偏误，重建那个他自己未能在葡语原文中传达出来的真理。德语译者将《广阔的腹地：条条水廊》中主角的绰号"火毛虫"错解为"火蜥蜴"，仿佛一个说图皮语的原住民摇身变作中世纪的炼金术士，罗萨反觉得这个新绰号更契合人物命运，为作品增添了新维度。他甚至授权意大利语译者做出删减："此处纯属作者癫狂，阁下尽可删除整段呓语。"

　　当然，这绝不意味着译者可以肆意妄为——任何翻译决策的前提必得是求真，要与作者一同去"捕捉某种已然存在的未知"，感受它、守护它。偏离必然导致矛盾——无论是内容，还是承载内容的语言。罗萨对腹地的刻画有着坚实的物质基础。所有人事物深深扎根于土地，我们才会对这个截然不同的现实产生同理心，才会觉得他们具有如此真实而普遍的人性。平凡事物的超越性、地域元素的世界性，必须通过照片般精确的写作和翻译来实现。罗萨的语言同样不容半点驯化。这种语言如同生物，和腹地宇宙的所有存在一样，时刻蠢蠢欲动，疑神疑鬼，不遵定法。正如莫桑比克著名作家米亚·科托的评价："腹地是一个用语言构筑的世界。罗萨不是在描写腹地，他写作时仿佛自己就是腹地。"因此，译者不但要翻译意义，更要翻译体验。

"我深知翻译这书是多么可怕的事！具体事物如此异域又鲜为人知；剩下的部分本该平缓些作为补偿，却充斥着刻意而为的模糊表达。我明白，任何译本都必然丢失许多表达上的'大胆尝试'。若试图逐音逐调、逐星逐火、逐击逐打地重写，代价高昂且胜算渺茫。"罗萨在1963年给译者的信中如此安慰道，一面继续带着斯芬克司式的优雅微笑，遥望着所有正绞尽脑汁破解他书中谜团的译者、读者和研究者。而我作为译者，即便侥幸解开了其中一小部分，也不总会在译文中指明，这便是所谓的"不可译"。一是不该：在混沌之中摸索精密勾连正是阅读至乐，过度照明反倒辜负作者匠心。二是不能：若在无法重写之处硬要拙劣地临摹原作，只会"画美洲豹不成反类犬"，令读者误以为罗萨是个精于缝合词语、矫饰文字的二流作家，故意要让作品变得佶屈聱牙，从而凌驾于读者之上——这正是我最担心的后果。不，罗萨从不是一个孤傲的作家，他热切地邀请读者一道，共建共享罗萨宇宙。这里试举一个或许可以称作"不可译"的例子：中文读者乍看到"美洲豹"（jaguaretê）和"美洲狮"（suaçurana）这两个名词，大概只能依照豹子和狮子的形象，在脑中模拟出两种栖息在美洲的肉食动物。只有猫科动物爱好者才会明白，二者在体型、毛色、叫声、性情、捕猎对象和方式上有多么大相径庭，才有可能遥遥领会到猎豹人口中"jaguaretê"（豹"jaguar" + 真"-etê"）和"suaçurana"（鹿"suaçu" + 假"-rana"）的真义。

既然明知自己在打一场"必败之仗"，那就应当将每一次反击视作胜利。某位美国译者恐怕就是个"投降派"，一面将疑难词句抹平甚至删去，一面又将几乎所有专有名词原封不动地搬到了英语译本当中，而罗萨对这种态度极为不满。翻译罗萨如同一场自由搏击，只要遵守基本规则，就可在台上尽情施展拳脚。对手无所不用其极，像美洲豹的食谱一般来者不拒：方言、古语、图皮语、意大利语、拉丁语、单复数混搭、同义叠用、头尾韵、谐音、语气词、拟声词，以及各种非常规时态、语序、搭配、拼合、词缀、标点……而我，只能唤醒中文里古老而神秘的东方力量，顺藤摸瓜、移花接木、照虎画猫、借力打力，以偶然碰撞偶然，以回声应和回声。譬如把山名"Serra do Mim"（原意为"我山"，山名反映了罗萨的神秘主义审美）里的"Mim"

（我）藏进字形内部，译为"峨山"；或是利用多音字，让"重重"这一个词表达原文中"沉重"与"复数"二重含义；或是将《无事生嚣》里众人围着棕榈树、树下停着消防车的场景用"嚣"字和"攃"字画出来；或是借同部首（"恬怡、憔悴而愉悦"）和同声调（"是热烈，是力量，是绽放"）制造视觉与听觉效果；或是借鉴网络语言，在《我舅是美洲豹》末尾用未写完的"伤"字"亻"引向突兀而未知的结局；而《我舅是美洲豹》这个标题本身更是出于"报复"才用上的谐音梗：喊，你舅是美洲豹？明明你就是美洲豹！

至于对原文口头性的再现，必须承认，我还没有找到十全十美的方法，毕竟并不存在一个可以直接提供口音参考的"中国版腹地"，我也造不出一门经得起推敲的方言。本书译文以相对较为通行的北方口音打底，再以各地易懂的方言词语点缀，譬如"晓得、疯尿、梆硬、乖乖肉"等，旨在让所有地区的读者都能至少获得些微陌生感。其实，这一翻译策略同样承袭自罗萨的写作方式，即突破地域、时代等局限，采撷任何语言中的美好元素。"我要饮遍每一条河流！"《广阔的腹地：条条水廊》的讲述者如是说道。

而最美妙的，莫过于两个世界的真理有时会不谋而合，不用我出力，译文便由此自然生长。与葡语同源的语言固然可以在翻译时"近水楼台先得月"，却也容易滋长译者的惰性。而在使用与葡语相距甚远的中文进行翻译时，往往可能更加接近罗萨所追求的"巴别塔之前的语言"，譬如量词、语气词、流水句、流动的词性、单复数的模糊性、简易的造词机制等。"或许以后我会想用象形文字进行书写。"罗萨这样说过。我总是禁不住遐想，若罗萨能再活久一些，再多学些中文，又会玩出何等令人瞠目结舌的语言杂技呢？我也会忍不住幻想，若可以为交稿加上一万年的期限，时间任凭我沉醉于罗萨宇宙而不必抽离，作为译者的我又能重写出什么样的罗萨呢？

感谢所有让本书得以诞生和完善的人，中文版《河的第三条岸》同样是你们的作品。

感谢罗萨。我知道，我已经找到了那个"为我而写"的作家。

感谢读者，因为你们愿意成为谜语的破译者、诗歌的欣赏者、哲学的思考者、情绪的感受者，一直阅读到了这里。找吧，找吧，找不到也没关系，请在罗萨宇宙里享受迷路与孤独，在河的第三条岸与自我重逢。

游雨频

2024 年 7 月

文景

社 科 新 知　文 艺 新 潮

Horizon

河的第三条岸

［巴西］若昂·吉马良斯·罗萨　著

游雨频　译

出 品 人：姚映然
责任编辑：杨　沁
营销编辑：杨　朗
封面设计：山　川

出　　品　北京世纪文景文化传播有限责任公司
　　　　　（北京朝阳区东土城路8号林达大厦A座4A　100013）
出版发行　上海人民出版社
印　　刷　山东临沂新华印刷物流集团有限责任公司
制　　版　北京楠竹文化发展有限公司

开 本：850mm×1168mm　1/32
印 张：9.75　字 数：169,000　插 页：2
2025年6月第1版　2025年9月第4次印刷
定 价：56.00元
ISBN：978-7-208-19460-1/I·2207

图书在版编目（CIP）数据

河的第三条岸 /（巴西）若昂·吉马良斯·罗萨著；
游雨频译. --上海：上海人民出版社，2025. -- ISBN
978-7-208-19460-1

I. I777.45
中国国家版本馆CIP数据核字第202534J26G号

Obra publicada com o apoio da Fundação Biblioteca Nacional,

do Ministério da Cultura do Brasil, e do Instituto Guimarães Rosa,

do Ministério das Relações Exteriores do Brasil.

本作品由巴西文化部下属的国家图书馆基金会以及

巴西外交部下属的吉马良斯·罗萨学院提供支持出版。

BIBLIOTECA NACIONAL

Instituto
Guimarães Rosa

MINISTÉRIO DA
CULTURA

MINISTÉRIO DAS
RELAÇÕES
EXTERIORES

GOVERNO FEDERAL

BRASIL

UNIÃO E RECONSTRUÇÃO

社科新知　文艺新潮　｜　与文景相遇

微信公众号　　　　微　博　　　　　豆　瓣

bilibili　　　　　抖　音　　　　　小红书